COLLECTION DIRIGÉE PAR
GÉRALD GODIN
FRANÇOIS HÉBERT
ALAIN HORIC
GASTON MIRON

D0595081

L'ÉTRANGER AU BALLON ROUGE

Jean-Yves Soucy

L'ÉTRANGER AU BALLON ROUGE

CONTES

LES HERBES ROUGES

Éditions LES HERBES ROUGES
900, rue Ontario est
Montréal, Québec H2L 1P4
Téléphone: (514) 525-2811

Maquette de couverture: Claude Lafrance
Illustration de couverture: Claude Paré
Photocomposition: Les Ateliers C.M. inc.

Distribution: Diffusion Dimedia inc.
539, boulevard Lebeau
Saint-Laurent, Québec H4N 1S2
Téléphone: (514) 336-3941; télex: 05-827543

Édition originale
Jean-Yves Soucy, *L'étranger au ballon rouge*
Les Éditions La Presse, 1981

Dépôt légal: quatrième trimestre 1990
Bibliothèque nationale du Québec
Bibliothèque nationale du Canada

TYPO
Nouvelle édition, revue et corrigée

La pensée que des hommes souffrent de par le monde m'est une véritable torture.

Général A. PINOCHET,
Pour un humanisme total

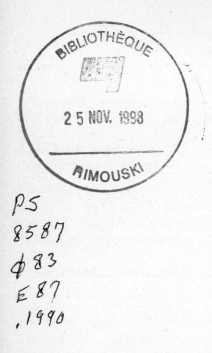

L'ÉTRANGER
AU BALLON ROUGE

L'Étranger arriva en ballon rouge et la foule s'assembla en le voyant se rapprocher. On aurait pu croire à la venue sur terre d'un nouveau, d'un vrai «petit prince». Mais il était laid et vert, traits qui ne conviennent pas tellement à cet emploi.

On fit abstraction de l'apparence. Il allait parler de l'amour d'une rose. Il atterrit au milieu d'une plate-bande de tulipes qu'il piétina. Ça commençait bien!

On garda quand même espoir. Il allait poser les questions, LA question, cette question si simple que personne ne l'avait encore imaginée. Et tout serait remis en cause. L'Étranger ouvrirait la bouche et son discours ferait crouler les empires. Sa parole serait le grain de sable brisant l'engrenage. Son enfantine sagesse nous révélerait la lumière que nous avions toujours refusé de voir.

L'attroupement grandissait. L'Étranger ouvrit la bouche; les gens attendaient avec fébrilité, littéralement suspendus (comme on dit) à ces lèvres d'où coulerait la vérité. Il ouvrit la bouche et… rota. La foule était sidérée et muette.

Il enleva son haut-de-forme: pas de blonde tignasse bouclée; un crâne rond, vert et luisant, qu'il essuya de sa manche. Il se recoiffa, mit les mains dans les poches et regarda la foule de ses grands yeux. Tristesse! Tout le mal de l'Homme s'y reflétait. C'était navrant et en même temps signe d'espérance, comme si, nouveau Sauveur, l'Étranger allait prendre sur lui tous nos péchés et nous racheter. Il regardait chacun, et chacun frissonnait en voyant sa propre abjection dans ces yeux-miroir.

L'instant était unique; un mot, et tout devenait possible. Comme le Christ, comme Marx, comme Hitler, l'Étranger n'avait qu'à proposer le surhumain et les multitudes lui obéiraient aveuglément. Mais il ne dit rien et s'en alla, ses pieds à peine visibles sous le trop long manteau bleu qui balayait le ciment. On lui emboîta le pas avec respect, attendant une parole, guettant un geste; on le suivrait jusqu'au bout du monde, se disant qu'il se manifesterait en son heure.

L'Étranger s'approcha d'un kiosque à journaux. Son apostolat allait commencer! Il chasserait les «vendeurs du temple» ou une chose du genre; les premiers fidèles allaient assister au premier miracle. On avait tellement soif de merveilleux, et depuis si longtemps!

Il acheta un billet de loterie et repartit, les mains toujours dans les poches. La foule resta clouée sur place, hébétée, à le regarder traverser la rue. Le miracle? La parole? La lumière? Un camion renversa l'Étranger, l'écrasa. Une tache verte, un manteau chiffonné, un large chapeau que le vent emporta. Le ballon rouge était revenu et tournoyait au-dessus de la scène; il resterait encore longtemps à attendre en vain son passager.

Le silence s'éternisa, puis une femme fut prise d'un rire hystérique et la foule se dispersa en ricanant. Ce fut la fin de l'espoir.

TERRAIN DE JEUX

La nuit allait venir. La pluie qui durait depuis trois jours avait cessé et le vent qui soufflait avec régularité semblait vouloir nettoyer le ciel.

Le général surveillait la campagne environnante sur les écrans de télévision miniatures. Morne campagne, s'il en est, rendue plus triste encore par le temps pluvieux d'octobre. Du gris, du noir; les fûts carbonisés, les tas de pierraille. Le général télécommandait les mouvements des petites caméras éparpillées de la crête de la colline à la rive du Rhône. Rien ne bougeait dans ce paysage désolé où les anciennes vignes avaient poussé avec anarchie, jusqu'à couvrir le sol d'un réseau quasiment impénétrable de lianes. De quoi permettre à toute une armée d'avancer sans être vue! On possédait heureusement de grandes quantités de défoliant.

La lumière décroissait rapidement. Le général fit passer toutes les caméras à l'infrarouge et il brancha la surveillance automatique. Pas même un mulot ne pourrait se faufiler sans être détecté. Jimmy arriva en pataugeant dans la tranchée et en maugréant tout bas. Il prit un air ahuri devant le canon du désintégrateur que bandissait le général. Ce dernier sourit et rangea l'arme dans l'étui suspendu à sa ceinture.

— Il ne faut prendre aucun risque.

— Je ne m'habituerai jamais, dit Jimmy.

— Il faudra pourtant, sinon, vous ne verrez pas longtemps le doux ciel de France.

— Oh! le doux ciel de France, j'en ai déjà plein le dos! Trois mois!

— On s'y fait. Moi, ça fait quarante et un ans. Nous sommes chanceux, nous pourrions être à combattre en Angleterre. C'est un enfer, paraît-il.

Le plus jeune s'assit dans la boue sans répondre. Le général continuait à farfouiller dans le matériel tout en surveillant son compagnon du coin de l'œil. Jimmy déteste manifestement être associé à un combattant qui pourrait être son père. Il doit se dire que ses chances de s'en tirer seraient plus grandes avec un compagnon de son âge. Pauvre innocent! Il ne sait pas qu'ici l'expérience et la prudence valent mille fois plus que la force et l'impétuosité.

— Vous avez tout vérifié?

— Oui, mon général.

— Les radars? les lasers? les mines cardiaques? les lance-rayons dépressifs? les mitrailleuses à protons?

— Oui, mon général.

— Et le faisceau antigravité?

— Il est sur l'automatique.

— Il ne reste plus qu'à nettoyer et vérifier vos armes personnelles.

— Mais, je l'ai déjà fait deux fois aujourd'hui!

— Il faut le refaire. Pour survivre, ne rien laisser au hasard, ne rien négliger, improviser le moins possible, être toujours prêt et, surtout, ne jamais se fier aux apparences. L'ennemi est rusé. Nettoyez vos armes.

— Bien, mon général.

— Pendant ce temps, je fais un essai des compteurs de radiations, des détecteurs d'ondes et des analyseurs bactériologiques. J'ai déjà branché l'écran psy. Quand j'aurai terminé, nous ferons un petit gueuleton…

— Un petit gueuleton! Cette purée nauséabonde et cette lavasse!

— Nous ferons un petit gueuleton et ensuite vous dormirez tandis que je prendrai le premier tour de garde.

Jimmy nettoyait ses armes avec des gestes brusques. Il s'arrêta:

— Mon général, y aurait pas moyen, pour une fois, de dormir sans mon scaphandre? Et puis, je ne sais pas ce que je donnerais pour prendre un bain.

— Jimmy, ne pensez plus à des choses comme ça. Vous mourriez en dix minutes sans votre scaphandre. Pour le bain, faudra attendre notre permission. Plus que trois mois. Et ensuite, deux jours loin de cette guerre! Quarante-huit heures sans être sur le qui-vive.

Le plus jeune ne répondit pas. Ce n'est que durant le repas qu'il parla à nouveau.

— Vous dites que ça fait quarante et un ans, mon général?

— Oui. Quarante et un ans, cinq mois et quelques jours que je porte les armes.

— Comment tout ça a-t-il commencé?

— Vous n'êtes pas au courant? Vous venez d'où?

— Une ferme du Nebraska.

— Et on ne vous enseigne pas l'histoire à l'école?

— Je n'ai jamais mis les pieds à l'école.

— À l'entraînement militaire?

— On apprend à se servir des armes et du matériel, rien d'autre. C'est déjà bien assez.

— Non, ça ne suffit pas.

Jimmy voulait changer de sujet:

— Et cette guerre?

Le général débrancha son tube alimentaire. «C'est vrai que cette nourriture n'est qu'une bouillie infecte. Ah! les steaks d'autrefois!»

— Cette guerre? Elle a commencé par être régionale. Une guerre comme il y en avait déjà eu des dizaines auparavant. Mais cette fois-là, ç'a été l'escalade. On met ça sur le compte des difficultés internes que connaissait l'URSS. La dictature sentait son pouvoir menacé, alors on a envoyé le prolétariat se refroidir les esprits sur le champ de bataille. Mouvements de troupes et de blindés, batailles classiques, duels d'artillerie. Bombardiers, missiles intercontinentaux, bombes atomiques, bombes à neutrons: la pagaille! Chacun en profitait pour régler des comptes avec ses voisins. Les villes détruites sur tous les continents; l'Amérique ravagée, l'Afrique et le Proche-Orient à peu près vidés de leurs habitants, le Sud-Est asiatique réduit à un bourbier, et surtout, l'Europe devenue un charnier nauséabond. Puis on découvrit et utilisa le rayon antigravité, cette arme capable de briser et d'éjecter dans l'espace avions et fusées. Mais il y avait un inconvénient: chaque fois, une partie importante de notre atmosphère s'échappait dans le vide. Les superpuissances se sont donc entendues pour cesser d'utiliser les fusées et les avions à des fins militaires; de ce fait, on ne se servirait plus du rayon antigravité. On cessa de l'utiliser, mais chacun garda ses faisceaux au cas où l'ennemi romprait l'accord. La guerre devint terrestre. Et pour limiter les dégâts, on choisit l'Europe comme champ de manœuvres. C'était déjà presque tout détruit et, de toute façon, les Européens avaient une longue habitude de la guerre.

Jimmy hocha la tête un peu tristement. Le général ne rajouta rien. Lui aussi aurait eu envie de hocher la tête, mais il s'en garda bien. Il lui fallait donner l'exemple. La nuit remplissait la tranchée boueuse; dans un coin, les écrans et les voyants lumineux ne fournissaient qu'une faible lueur. Le silence devint vite intolérable.

— Dans le convoi qui m'a amené ici, j'ai entendu dire qu'une force sino-nipponne a débarqué en Camargue et remonte la vallée du Rhône. Ils viendraient par ici.

— Foutaise! s'exclama le général. Une rumeur sans plus. Une rumeur de plus. Cette guerre en est une de rumeurs. À cette saison, les Jaunes sont trop occupés dans leurs rizières. Si ce qu'on dit est vrai, ils auraient plus d'un million d'habitants à nourrir.

— Un million! De quel côté sont-ils?

— Ni avec les Rouges, ni avec nous. Ils sont de leur bord à eux.

— Mais sur le terrain?

— Ils font comme nous: ils tirent sur tout.

Jimmy resta silencieux durant quelques minutes, puis il parla d'une voix rauque.

— J'ai peur, mon général.

— Il ne faut pas, Jimmy. Vous êtes, avec moi, le plus ancien combattant de toute l'armée américaine. Faites comme je vous dis; ça fait quarante et un ans que je survis.

— La peur...

— La peur, Jimmy, vous apprendrez à l'aimer. Ça va devenir votre compagne, votre meilleure alliée. C'est elle qui fait qu'on s'en tire. On s'y habitue comme à une drogue.

Jimmy garda la tête basse. Une peu d'émotion nouait la gorge du général. Il aurait pu avoir un fils de l'âge de

Jimmy. Il aurait aimé avoir un fils et lui dire ce qu'il venait
de dire au sujet de la peur.

— Vous êtes crevé. Allez dormir un peu, Jimmy.

— Bonne nuit! mon général.

— Bonne nuit! soldat.

Soldat! Il utilisait peu souvent ce terme si flatteur et
Jimmy dut s'en rendre compte car il sourit en partant.
Le général le regardait s'éloigner à quatre pattes dans la
boue vers l'extrémité obscure de la tranchée. Un fils de
l'âge de Jimmy! Si seulement il n'était pas parti à la
guerre, il y a quarante et un ans… Dans son casque, la
voix de Jimmy:

— Oh! un petit chat! Un petit chat! C'est un miracle. Viens ici.

— Non! N'y…

Le général n'eut pas le temps de terminer sa mise
en garde. Jimmy vola en mille morceaux dès qu'il toucha le petit robot piégé.

— Mon Dieu! Mon Dieu! Pauvre garçon, pauvre
Jimmy. Sales communistes, ça leur ressemble bien, ça.

En rageant le général pianota sur les touches d'un
ordinateur de poche. À dix kilomètres de là, une batterie
télécommandée se mit à tirer des rafales de rayons fulgu-
rants vers les lignes ennemies. Elle sèmerait la destruc-
tion (et peut-être la mort) jusqu'à ce qu'une roquette la
détruise.

— Bande de salauds! Prenez ça, aussi.

Il poussa de nouvelles touches. Un obusier tonna au
fond de la vallée; des centaines de petites billes pleuvraient
sur le camp des Rouges, chacune répandant des millions
de virus d'une nouvelle souche, des virus contre lesquels
il n'existait pas encore de vaccin. Peut-être qu'un Rouge
commettrait une imprudence: retirer son casque une

minute, enlever son gant, ne pas remplacer à temps son filtre respiratoire; alors, il claquerait en quelques heures. Cela en ferait toujours un de moins, de cette race abominable.

Le général rassemble son matériel sans s'occuper des débris du cadavre de Jimmy. Pas le temps de jouer au fossoyeur; les Rouges ont localisé son Q. G. Il lui faut donc se replier au plus vite sur l'autre position préparée à l'avance près du fleuve. Avant de partir, le général règle les appareils afin que la tranchée devienne un piège qui sautera dès qu'un être vivant s'en approchera. La meilleure façon de venger Jimmy.

Le général se glisse dans un boyau qui débouche dans un fossé profond en bas de la colline. Devoir changer de position! Encore une chance que ce soit la nuit. Dès qu'il se retrouve à l'air libre, le général étend l'antenne d'un petit appareil afin qu'elle s'élève au-dessus des talus du fossé. En quelques secondes, les environs sont analysés, scrutés, inspectés; rien d'anormal. Le guerrier entre alors en communication avec le Pentagone.

— Dans la vallée du Rhône, la 6e armée a perdu dix pour cent de ses effectifs. Envoyer des renforts.

La réponse est immédiate:

— Perte enregistrée. Tenez bon, du matériel plus perfectionné est déjà en route.

«De nouvelles armes! songe le général. C'est bien de ça dont j'ai besoin.»

— Pour le renfort?

— Du renfort sera acheminé dans cinq jours.

Cinq jours! Cela veut dire huit ou neuf jours, au mieux. Pourvu que les quatre autres divisions ne subissent pas de pertes entre-temps. Le général range son poste émetteur-récepteur en maugréant. Ils devraient accélérer l'entraînement et, surtout, entraîner plus de recrues.

«Bon sang! Il doit bien rester encore des hommes en Amérique?»

Il se remet en route, toujours à quatre pattes dans l'eau croupie. Le scaphandre protège bien, mais ce qu'il peut faire chaud! Le général s'arrête souvent, autant pour reprendre son souffle que pour scruter les environs.

«Pour survivre, il ne faut pas courir, ni même aller vite. C'est ce que les novices n'apprennent jamais.»

Lors d'une de ces pauses, le général aperçoit, à cinquante mètres, un hibou posé au sommet d'un piquet. L'oiseau le regarde. Sans hésiter, l'homme dégaine son désintégrateur, vise et tire. L'oiseau disparaît dans une boule de fumée lumineuse. Il n'y a pas eu d'explosion, c'est donc un véritable animal! Tremblant légèrement, le général s'assoit et s'adosse au talus. Il regarde les étoiles.

«Un hibou, un vrai hibou! Avec des plumes! Un hibou vivant! Je ne pensais pas qu'il en existait encore.»

Le général n'en revient pas et secoue la tête.

«Il faut qu'on en finisse vite avec cette guerre.»

Il se remet en route vers la retraite au bord du fleuve.

«Et pour ça, il faut gagner.»

LES PIGEONS

Le vieil homme rayonne de joie. Ils sont une trentaine à voleter devant lui, à se ruer autour de ses pieds en se disputant le maïs soufflé qu'il leur distribue. Il leur parle doucement, les oblige à venir tout près, à quelques centimètres de sa main tendue. Et les pigeons lui obéissent.

Un plus gros, un gourmand, bouscule les autres et s'accapare toute la nourriture. Le vieillard le réprimande quelque peu, en vain. Alors il lance au loin des grains de maïs et, tandis que le gourmand s'empiffre, le vieil homme en profite pour nourrir les faibles et les timides.

Les voyageurs qui sortent de la station de métro ralentissent le pas et sourient de la scène; le vieillard trône au milieu de sa cour emplumée. Pourvoyeur bienveillant qu'on courtise, il jouit autant de l'attention des passants que de celle des pigeons. Il n'est plus seul. Une jeune femme qui promène son chien s'arrête pour échanger des banalités sur le temps et se faire complimenter sur la beauté de son animal. L'homme aux oiseaux et la femme au chien sont complices durant quelques minutes.

Soudain, les pigeons s'envolent et, en boule bruissante, s'élèvent dans le soleil, planent au-dessus du gazon usé et se posent à l'autre extrémité du petit square. Une vieille, tout juste descendue de l'autobus, ouvre son cabas. Les pigeons, ses pigeons, caquettent, roucoulent et se pressent autour d'elle; certains n'hésitent pas à se jucher sur ses épaules. Ils forment à ses pieds un étang duveteux, une eau où la chute des croûtons et des tranches de pain crée des remous.

Le vieil homme est resté immobile à l'autre extrémité du square, sa main toujours plongée dans le sac de maïs soufflé. La magie est finie, son règne terminé. Il regarde la vieille avec envie; il la regarde longuement, intensément. Elle lève enfin la tête: son visage est triomphant. Leurs regards se croisent et leurs yeux sont chargés de toute la haine du monde.

Le vieillard courbe l'échine et s'en va en traînant les pieds. D'un geste machinal, il porte à sa bouche une poignée de maïs.

L'UNIQUE DISCOURS
DE CELUI QUI NE FUT JAMAIS
PRÉSIDENT DES ÉTATS-UNIS

La démocratie étant ce qu'elle est, quand un obscur membre du parti se présenta comme candidat à l'investiture, il y eut des délégués pour l'appuyer et d'autres pour organiser sa campagne. L'idée qu'un citoyen ordinaire puisse espérer devenir Président de la nation, poste jusque-là réservé aux rejetons des grandes familles ou aux financiers bien nantis, l'idée donc plaisait à plusieurs.

Lorsque le candidat prit la parole au cours de la première assemblée, des pancartes à son effigie furent agitées dans l'assistance et des ballons s'élevèrent. Cependant, l'atmosphère de kermesse disparut rapidement et le murmure de la foule qui accompagne toujours les discours des hommes politiques fut bientôt remplacé par un profond silence. Cet homme avait quelque chose à dire, quelque chose de nouveau.

«Si je me présente devant vous, chers concitoyens, pour demander qu'on me confie la direction du pays, ce n'est pas que je sois plus digne qu'un autre de cette charge, tout comme je ne suis pas plus bête que ceux qui furent

Présidents avant moi. Je suis quelconque et le resterais volontiers, mais il est de mon devoir d'aspirer à la présidence. Je ne recherche pas les honneurs ou les responsabilités. J'ai un message à vous transmettre durant la campagne électorale; j'ai un grand défi à vous proposer en tant que Président.

«Je pourrais résumer ainsi mon programme: nous faisons fausse route! Et je m'explique. Après des années de réflexion, j'ai conclu qu'on ne pouvait refuser le nucléaire; toute ma campagne portera donc sur le nucléaire. Notre refus est un réflexe aussi stupide que celui du cheval qui se cabre et s'enfuit devant un feu de camp. Le nucléaire, c'est la dernière chance de l'homme, la grande chance de la Vie. Je lis l'incrédulité sur vos visages; vous allez m'objecter que les accidents sont à craindre. C'est vrai. Plus, avec la prolifération des centrales nucléaires, les accidents seront inévitables, peut-être même nombreux. Et c'est là que ça devient intéressant.

«Regardez notre monde: pollué, usé, dénaturé, surpeuplé, ce n'est plus un milieu propice à l'homme. Le jardin de jadis est devenu un champ d'orties; chaque homme crache la mort dans l'atmosphère à chaque seconde. Quel héritage laisserons-nous à nos enfants? L'homme a stoppé l'évolution par son progrès, fait disparaître la sélection naturelle et la survie du plus fort. L'espèce dégénère. Je pourrais demander: à quels enfants confierons-nous notre héritage?

«Heureusement, il y a l'atome! L'accident nucléaire, c'est le grand espoir de l'évolution. Avec les radiations viennent les mutations. Au début, il y aura des variations à l'infini, des nouveau-nés monstrueux. Mais les inadaptés s'élimineront d'eux-mêmes, les erreurs d'aiguillage seront corrigées par la Vie. Et une nouvelle race, une nouvelle espèce plutôt, mieux adaptée à ce monde que nous avons infecté, en prendra le contrôle. Nos descendants seront aussi à l'aise dans une atmosphère délétère que nos ancêtres l'étaient dans l'air pur.

«Je ne vous annonce pas la fin du monde, mais au contraire un saut dans l'avenir, une accélération prodigieuse du progrès. Ce que je vous propose, c'est la plus grande aventure que l'humanité ait connue. C'est aussi un grand coup de poker, le retour du rêve dans nos vies. Nous ne poursuivons plus de rêve, car la science, les mathématiques et la politique nous paralysent l'imagination. Avec les mutations généralisées, chaque nouvelle naissance réservera des surprises, suscitera des espoirs fous. Pourquoi pas des ailes à l'homme? Des nageoires? Une peau bleue? Tout devient possible.

«Vous comprenez maintenant qu'il faut souhaiter de toutes nos forces l'accident nucléaire. Votez pour moi, je couvrirai le pays de centrales. Ensemble, disons oui au nucléaire, oui à l'aventure, oui au...»

Il ne put terminer sa phrase. Les haut-parleurs furent couverts par le vacarme des huées. Sous une pluie de projectiles des plus divers, les stratèges du parti (100 kilos, 1,90 m) le traînèrent derrière l'estrade. Dans la salle, les pancartes avaient rapidement disparu.

Le candidat malheureux se retira chez lui et ne sortit pas avant trois jours, le temps que les journaux oublient l'affaire. La semaine suivante, à la suite d'un lobbying du secteur privé, on lui confiait la présidence de l'Agence de contrôle de l'énergie atomique.

LES DÉFENSEURS
DE L'HUMANITÉ

Ils sont là, gueules grandes ouvertes, yeux haineux.
Ils nous détestent, nous qui les avons démasqués. Ils
croyaient pouvoir mener tranquillement leur travail de
sape et remplacer un jour l'homme sur terre, mais c'était
compter sans nous, les défenseurs de l'humanité. Comme
chaque année, la croisade va commencer. Nous luttons
à un contre cent cependant notre détermination n'a pas
de bornes et nous faisons chaque fois des dizaines de milliers de victimes dans les rangs adverses.

Dire que nos concitoyens sont inconscients de
l'importance de notre combat serait un euphémisme.
L'ennemi a organisé une cinquième colonne qui mène une
campagne contre nous parmi les nôtres. Par le mensonge
et la calomnie on tente de monter l'opinion publique contre
nous afin de nous forcer à mettre fin à nos activités. Ce
qu'on ne va pas inventer! Jusqu'à faire passer les envahisseurs pour de paisibles et innocentes créatures. Oh!
elles jouent bien leur jeu, les «créatures», et l'observa-
teur non averti les prend pour des êtres charmants! Surtout qu'elles semblent peu nombreuses, disséminées sur

un vaste territoire. Qui pourrait déceler en elles une menace pour l'humanité?

Mais pour comprendre, il suffit de les voir au printemps alors qu'elles quittent leurs retraites et s'assemblent par centaines de milliers, à l'écart sur les glaces, afin de perpétuer leur espèce et surtout de coordonner leurs plans diaboliques. L'homme qui peut les observer lors de leur assemblée annuelle mesure immédiatement l'ampleur du danger qui menace l'humanité.

Et si cet homme a quelque conscience, il s'arme et joint les rangs de notre organisation. Il sait qu'il fera face à l'incompréhension des siens; il sait qu'il se retrouvera sur la glace incertaine, cerné par des milliers de ces monstres velus et visqueux; il sait qu'il y laissera peut-être la vie comme des centaines d'autres déjà. Mais rien ne peut affaiblir sa résolution, et au printemps il se retrouve sur la banquise avec d'autres hommes aussi décidés que lui.

En effet, ce n'est qu'à cette époque de l'année qu'on peut attaquer les envahisseurs avec quelque chance de succès. Autrement, ils sont dispersés et à peu près introuvables. Au printemps, nous avons également la bonne fortune de pouvoir atteindre les plus jeunes, plus vulnérables. Ce combat, des hommes le mènent depuis des siècles et c'est grâce à eux, grâce aussi à nous leurs successeurs, que l'homme est encore chez lui sur cette planète. Même si nous ne réussissons pas à décimer les envahisseurs, notre action les empêche au moins de proliférer.

Notre organisation est une confrérie secrète; la nature même de notre lutte nous oblige à taire notre véritable mission. Autrement, imaginez la panique qui s'emparerait de la populace. Notre discrétion engendre cependant l'incompréhension, et nous qui serions en droit d'attendre gratitude et respect de nos concitoyens, quel est notre lot? Les injures, le mépris, quand ce n'est pas la haine. Maigre consolation, la peau des envahisseurs se vend encore assez bien sous le nom de «fourrure de phoque».

LE JUGE

Dans son bureau, un juge s'ennuyait. Comme tous les juges, il avait mal à l'ongle du pouce droit à force de lancer en l'air la pièce pour décider des verdicts. Il se sentait, en outre, mal en point et, de plus, n'ayant rien à juger, il languissait.

Pourtant, la journée avait bien commencé. Le soleil brillait à Westmount et les premières feuilles se déployaient; le juge avait même chantonné en se rasant. Et d'un coup, le drame! La chose bête qui vous gâche une journée: sa femme brûle les toasts. Le juge est hors de lui, mais à cause du soleil et des feuilles, il ne se laisse pas aller à la colère. Plutôt partir immédiatement pour le palais de justice.

En route, l'estomac vide se plaint, réveille l'ulcère. Chamboulement de l'intérieur: jaloux des autres organes, le foie pique une crise. Le juge rage et son asthme le reprend. Et il n'est même pas en retard!

C'est en grinçant des dents qu'il s'assoit dans la salle d'audience. Il n'écoute pas les plaidoiries, toujours pareilles, tout occupé qu'il est à observer le mauvais fonctionnement de ses organes. Il juge au jugé, à la tête du client. Toutes de sales têtes, d'ailleurs.

«Toi, la petite pimbêche avec ton rouge criard et ta fausse assurance, tu ne perds rien pour attendre; ton divorce, tu vas l'avoir à tes dépens. Et ces deux-là dans le fond, qui se lancent des clins d'œil, heureux qu'ils sont de recouvrer leur liberté réciproque, j'ai une surprise pour eux: ça sent la collusion, divorce refusé. Celui-là, l'espèce de similidirecteur de banque, je vais lui rabattre le caquet.»

Et vlan! ça tombe! Les questions sont cinglantes, les remarques insidieuses; les accusés se troublent.

«Oui, accusés. Vous êtes ici en cour, je suis un vrai juge; ceci est une salle d'audience, pas le bureau d'un notaire où l'on prend des arrangements. Je suis un juge; je veux une victime et un coupable.»

Un avocat proteste, l'ulcère également. Le juge se déchaîne et les causes s'entendent de plus en plus vite. Des «maîtres» regardent leurs confrères avec surprise, leur client avec inquiétude. Rien à comprendre à ce comportement, et plusieurs se défilent discrètement avec dossiers, intimé et requérant. À tel point qu'à onze heures, il n'y a plus rien à juger. Pourtant, il y avait des causes pour jusqu'au milieu de l'après-midi, au moins.

Le juge se retrouve donc désœuvré dans son bureau. Oh! il y a bien cette pile de dossiers dont certains attendent depuis six mois, mais il n'est pas d'humeur. Pour passer le temps, le juge jongle avec ses préjugés, mais il se lasse vite. Il les connaît depuis si longtemps! Un huissier apporte du café. Le juge prend son beau stylo plaqué or et le papier à en-tête. Il écrit de son écriture si bien formée: coupable, coupable, coupable. Dix fois, vingt fois. Ah! cela calme! Il dessine un échafaud, un pendu, une fenêtre munie de barreaux. Il a un certain talent pour le dessin. Si seulement il avait… Bah! Sans importance. Quand même, cet exercice lui a fait du bien et le foie s'est endormi.

Une mouche imbécile et maladroite tombe dans le café. Le juge la retire du bout du doigt en la tenant par les ailes.

«Sotte!»

Sur une nouvelle feuille de papier, il trace un rectangle, y inscrit douze cercles: un jury. Un banc pour le juge, celui de l'accusée, ceux des procureurs, la table du greffier, une assistance. À voix basse, le juge fait tranquillement le procès de la mouche.

— Accusée, levez-vous.

— Coupable, murmurent enfin les jurés.

— Tenant compte des circonstances aggravantes, la cour vous condamne à la peine de mort.

Tenant toujours la mouche par les ailes, il la presse contre le papier, en plein milieu du prétoire, puis il la décapite d'un coup sec avec le capuchon de son stylo.

Le juge soupire d'aise. Voilà une affaire rondement menée, un coupable qui ne se moquera pas de la justice et que des idiots ne libéreront pas trop tôt. Le juge se sent en pleine forme; son ulcère s'est calmé et la migraine qui semblait vouloir naître a disparu. Il regarde sa montre. Encore vingt minutes et il ira déjeuner avec des confrères. Un peu de temps à tuer.

Alors, il verrouille la porte, fouille dans son coffre, en sort une grande enveloppe brune d'où il tire des feuillets jaunis. Ses mains tremblent un peu. Il respire à fond et relit pour la millième fois la confession où, il y a bien des années, un scélérat décrivait par le menu détail le viol et le meurtre d'une enfant. Le juge plonge la main dans son pantalon et se touche pendant qu'il lit. Un peu de bave sourd aux commissures des lèvres. Le juge lit et se touche. Cet après-midi, il sera plus clément.

SOUS LES DÉCOMBRES

On allait venir, c'est certain; on allait le sortir de là. L'important était de ne pas perdre espoir, de ne pas laisser le découragement éteindre l'étincelle de vie. Ne pas s'endormir.

Qu'étaient devenus sa femme et ses enfants? Elle était à la maison avec le dernier; les autres se trouvaient à l'école au moment du tremblement de terre. Étaient-ils sains et saufs? Sûrement. La secousse avait quand même été assez faible. Il n'y avait peut-être que l'usine de détruite. Et maintenant, les siens devaient s'inquiéter de son sort. Pour eux, pour que leur attente et leurs espoirs ne soient pas vains, il fallait tenir. Les secours viendraient rapidement.

Au fait, les secours, pourquoi tardaient-ils tant? Quand était survenu le tremblement de terre? Hier? Pedro n'était pas certain. Il avait perdu la notion du temps, ici sous les décombres, dans l'obscurité totale. Deux jours, peut-être, sans dormir, à surveiller les battements de son cœur, à régler sa respiration pour qu'elle se fasse sans rompre l'équilibre précaire des débris.

Son corps, il ne le sentait plus. Ankylosé, brisé, par endroits, il n'existait plus, ce corps. Les jambes étaient loin sous les décombres, le bras gauche pressé contre le ventre et le droit, étendu, se perdant au milieu des poutres et du plâtras au-dessus de lui. Seuls existaient ses poumons et son cœur; pour la première fois, Pedro avait vraiment conscience de leur activité.

Chose bizarre, la main droite avait gardé sa sensibilité et, à travers le bras mort, transmettait de drôles de sensations: tantôt d'air frais, tantôt de chaleur solaire. Ce n'était peut-être que des illusions. Cela n'avait pas d'importance. Ce qui comptait: le cœur et les poumons. Et la soif. La gorge était enflée, la bouche desséchée. Le souffle bruyant et brûlant râpait les muqueuses tendres. Il fallait quand même respirer, par petits coups à cause de la douleur entre les côtes, lentement, pour ne pas épuiser le mince filet d'air qui filtrait entre les débris.

Durer. Ne pas croire aux images trop belles qui apparaissent sous les paupières closes, soudées par une boue de poussière et de larmes. Ces visions de feuilles balancées par le vent, ces sourires d'enfants, leurs rires, le bruit d'une cascade: des mirages. Penser pour ne pas se laisser endormir par les rêves, ne pas oublier qu'on est pris sous les ruines de l'usine, juste à côté de la machine pour laquelle on travaillait.

Sa maison est sans doute détruite; finalement, le tremblement de terre était assez violent. Et l'école, construite moins solidement que l'usine? La femme et les enfants doivent être morts. Malgré cela, il faut survivre. Quelqu'un doit affronter la désolation; quelqu'un doit porter le deuil. Il va vivre et les pleurera. Et puis, la vie continue. On reconstruira l'école et l'usine. Lui est jeune; il oubliera, recommencera. Il se bâtira une maison, prendra une autre femme, aura d'autres enfants. La vie doit continuer.

Le souffle de Pedro était devenu un râle. Il se répétait que ce n'était qu'à cause de la soif, mais il s'énerva quand même, perdit le contrôle de sa respiration, hoqueta, avala des poussières, s'étouffa. À force de volonté, il reprit les rênes de sa machine.

Qu'est-ce qu'ils attendent pour le libérer? Les recherches doivent être commencées depuis un moment. Est-ce que les secouristes s'occupent d'abord des maisons des patrons, des quartiers cossus, se réservant les barrios et l'usine pour la fin? Bande de salauds! Ils ne se soucient pas des ouvriers, sachant que l'important, les machines, est couvert par les assurances. Maudit régime! Ha! quand il sera réinstallé dans la vie, Pedro joindra ceux du Parti afin que l'avenir soit différent! Mais… cela servirait-il à quelque chose? Les réformistes, les syndicalistes, ceux qui n'acceptent pas l'ordre actuel, on les retrouve toujours dans un fossé; ou bien ils disparaissent à jamais. L'argent est au pouvoir.

Une nouvelle secousse ébranla l'univers. Ce bruit! Ce bruit! D'autres maisons sans doute s'effondraient. Les décombres de l'usine bougèrent un peu. Une poutre glissa et écrasa un peu plus la poitrine de Pedro. Il allait mourir. Il pensa à ce qu'avait été sa vie, à ce qu'avait été la vie de son père, à ce qu'aurait été la vie de ses enfants. Des esclaves dans leur propre pays; la terre natale contrôlée par d'autres, exploitée comme les habitants. Pedro se prit à souhaiter que tout le pays ait été détruit par le tremblement de terre; il pria pour que sa femme et ses enfants soient morts sur le coup. La mort n'est-elle pas préférable à cette vie de misère?

L'esprit de Pedro retrouve le calme; pas son cœur. Emballé, il s'arrête soudain, hésite, repart. Le rythme n'est plus régulier et ne le sera plus jamais. L'homme sent la mort toute proche et maintenant, il ne la combat plus. Un unique regret: mourir seul, sans le réconfort d'une présence. Mourir sans que personne le sache.

Et le miracle se produisit. On lui tenait la main, cette main droite qui dépassait des décombres. Il sentait la chaleur de la peau, la douce sensation du contact d'une autre vie. Pedro savait qu'il était trop tard pour le sauver, mais peu lui importait. Il allait mourir en compagnie, connaître encore une fois la solidarité humaine. Il n'était plus seul devant la mort. Son dernier râle en fut un de joie.

Là-haut, un rat se dégagea en couinant des doigts crispés.

LA ET *LE* CRITIQUE LITTÉRAIRE

Dévorer romans, essais, biographies et poésie, lire tout ce qui se publie et être au fait des courants littéraires ne suffit pas à faire d'une personne un lecteur sérieux. Il faut pour cela apprendre à lire les critiques. C'est là que les lecteurs se différencient des «liseux». Car si écrire une critique peut sembler difficile, la lire de façon intelligente est bien plus délicat.

Première chose à déterminer: s'agit-il d'un critique professionnel ou d'un écrivain qui parle du livre d'un autre? Le professionnel offre des gages de sérieux? Pas si sûr que cela! Quant à l'écrivain, vous m'objecterez qu'il est peut-être jaloux des livres des autres, donc partial. Il l'est! Les écrivains sont toujours jaloux les uns des autres. Cette jalousie naturelle constitue justement pour le lecteur de critiques, une donnée sûre. Il sait où il s'en va; il n'a qu'à faire la part des choses.

Le cas du critique professionnel est autrement plus complexe. Cet homme doit écrire tant de lignes par semaine afin de toucher son salaire et, la plupart du temps, il rédige sa chronique juste avant l'heure de tombée. Ce n'est qu'un moindre mal s'il a lu le bouquin auparavant, ce qui n'est malheureusement pas toujours le cas. Cet homme voulait écrire, mais il n'avait rien à dire. Il aime la littérature et en vit, plus grassement d'ailleurs que les écrivains. Quelle que soit sa bonne volonté, le critique n'est pas à l'abri de l'erreur et des influences qui faussent le jugement. Il lui faut composer avec le goût du jour, ménager des susceptibilités qui autrement pourraient nuire à sa carrière. C'est donc avec un œil critique qu'il faut lire les critiques.

Un lecteur (vous ou moi) qui cherche des conseils ouvre le journal à la section Spectacles et culture où on fait encore une petite place à la littérature. Ce lecteur tombe sur une critique et la lit, mais il n'est guère plus avancé. Il lui faut maintenant décoder le message et, tout d'abord, tenter de savoir si le critique a aimé ou non le livre recensé. C'est souvent plus difficile qu'on pourrait croire.

Ce premier point établi, il s'agit ensuite de dépister les critiques que des circonstances particulières rendent injustes. Une aigreur dans le style révèle que le critique souffrait d'ulcères à l'estomac et que cette lecture obligatoire l'a ennuyé au plus haut point. Le critique recevait la visite de sa belle-mère. Afin de pouvoir s'isoler, il aurait été heureux de lire même des étiquettes de boîtes de conserve. Il parlera alors d'une lecture passionnante qui vous transporte loin du quotidien. Dans ce cas précis, une phrase clé revient immanquablement: «Se lit comme un roman policier.»

Il faut également rejeter sans hésitation la critique du livre récent d'un auteur consacré. Le critique n'ose pas porter de jugement et s'en remet aux clichés utilisés à l'égard ou à l'encontre de cet auteur depuis ses débuts. À mettre aussi à la poubelle les papiers où l'on sent que le critique n'a rien compris. Des phrases et des expressions dénotent cet état de choses: «En marge du courant actuel de la littérature... hors des sentiers battus... une certaine incohérence dans la pensée de l'auteur.»

Une bonne connaissance des milieux littéraires rendra l'étape suivante plus facile, sinon deux ou trois lectures de la critique s'imposeront pour déceler les indices révélateurs. Il s'agit de découvrir si le critique a des relations d'amitié ou d'inimitié avec l'auteur.

Du mauvais livre d'un ami: «Malgré certaines... Pour comprendre cet ouvrage il faut le situer dans le cheminement de son auteur.»

Du mauvais livre du protégé d'un ami: «Un premier roman qui comporte quelques défauts mais est plein de générosité. Se révèle à nous un auteur prometteur.»

Du bon livre du protégé d'un ami: «Si j'osais employer ce mot qui a trop souvent été utilisé à tort et à travers, je parlerais de chef-d'œuvre. Notre littérature s'est enrichie d'un grand écrivain.»

Du bon livre du protégé d'un ennemi: «Malgré certaines qualités, le livre est faible dans son ensemble. L'auteur aurait eu avantage à travailler son manuscrit ou à ne pas le publier et à passer à autre chose.»

Nous pourrions continuer ainsi longtemps, mais le lecteur trouvera plus amusant de découvrir par lui-même les diverses façons de démasquer les critiques. Rappelons que les statistiques les plus récentes indiquent que 14,8 p. 100 des critiques favorables sont fondées; la proportion est de 9,7 p. 100 dans le cas des critiques défavorables.

Ce qui précède ne vise pas à discréditer les critiques littéraires. Comme chez tous les êtres humains, on trouve chez eux des qualités, même si c'est en proportion moindre. Il ne faut pas rejeter cet homme décrié mais plutôt essayer de le comprendre. Et pour cela, le connaître. Observons donc un critique accaparé par son dur labeur.

Jeudi, onze heures trente du matin. Le critique achève son quatrième café et se répète pour la dixième fois qu'il lui faut se mettre au travail. Son papier doit parvenir au journal avant 16 heures. Notre bonhomme se lève et se rend à sa table de travail. Oh! ce qu'il possède de livres! Les murs en sont couverts, il y en a des piles sur les meubles, et par terre des caisses renferment les dernières parutions d'il y a six mois. Une véritable fortune en livres. Il faut être un homme de grande culture pour ainsi consacrer une part importante de ses revenus à l'achat de bouquins.

Aujourd'hui notre critique s'arrête au premier roman d'un nouvel auteur. Ces premiers romans sont les plus difficiles. Car quoi, point de modèles, pas de phrases éculées (et sûres) à réutiliser, pas de plagiat possible. Il faut inventer en prenant des risques.

Tout d'abord, la couverture. Quelle maison d'édition? C'est important à cause des relations. Et quelle collection? On peut toujours téléphoner au directeur de la collection. Le genre de l'œuvre? Cela peut être utile. Le titre? Ah oui! N'oublions pas l'auteur. Qui est-ce? Un inconnu. Quelle engeance que ces inconnus qui se mêlent de publier! Notre bonhomme a beau fouiller ses souvenirs, le nom de Tartempion ne lui dit rien. C'est dangereux. Il compose alors un numéro de téléphone.

— Robert, bonjour. Comment vas-tu? Écoute, j'ai un problème. Tu connais Tartempion?

— …

— Non, non. C'est un jeune qui vient de publier *La vie en bleu*.

— …

— Non? À ton avis, ça ne serait pas un protégé de Kaécrit Lenavet.

— …

— Mais s'il publie chez Banqueroute Éditeur, il doit être en relation avec Jos Métaphore. Ça le mettrait dans la course pour le prix Québec-Bangladesh. Tu ne vois vraiment pas?

— …

— D'accord, si je trouve quelque chose, je t'appelle.

Durant quarante-cinq minutes le critique va faire le tour du «book-set». Peine perdue. Tartempion est partout inconnu. Et le temps passe! Cependant, même vaines, ces petites vérifications sont importantes. On ne s'attaque pas à tort et à travers à un nouvel auteur. Il peut jouir de protections, faire partie de telle ou telle clique. Il semble bien que ce ne soit pas le cas de Tartempion, mais on ne sait jamais. Dans le doute, abstiens-toi. Il va donc utiliser la méthode la plus sûre: ne rien dire de compromettant.

Mais d'abord, un petit casse-croûte. Le critique va se fricoter un gueuleton et déboucher une bouteille de vin. Après une pause d'une heure trente, il se remet à la tâche. Il est 13 h 45; le temps presse. Il s'agit de procéder avec méthode. D'abord, lire attentivement le communiqué de presse qui accompagne le bouquin; en extraire des phrases complètes. Cela fait déjà un début. Puis, une lecture rapide des vingt premières pages; ainsi, il pourra raconter le début de l'intrigue et s'arrêter en prétextant qu'il ne veut pas vendre la mèche. Finalement, en feuilletant le reste du volume, il est possible de ramasser quelques phrases à citer; cela fait toujours bien, donne l'impression qu'on a lu le livre et évite d'avoir à composer soi-même plusieurs lignes.

Quinze heures. La copie définitive est terminée; bien malin qui pourrait prendre le critique en défaut. Les opinions émises sont tellement vagues qu'un professeur de littérature le moindrement habile pourrait les appliquer à n'importe quel livre publié depuis dix ans. Ça, c'est de l'art!

Après avoir remis son papier au chef de pupitre, le critique se retrouve dans un bar que fréquentent les journalistes. Sa dure semaine de travail terminée, le bonhomme va se noircir royalement. Puis, viennent le vendredi et le mal de bloc habituel. Sans oublier la nervosité et l'angoisse qui précèdent la parution de l'édition de fin de semaine du journal.

Jusqu'au samedi matin, le critique se ronge les poings. Enfin, il a en main cinq exemplaires du journal, découpe sa critique et la lit, la relit, s'émerveille. Ici, une expression bien choisie; là, une tournure de phrase originale. Il a du style. Et son nom imprimé sous le titre. Ahhh! que c'est bon d'avoir son nom imprimé!

Le critique lit une troisième fois son article, se gratte la tête et lâche tout haut:

— Ça a l'air intéressant ce bouquin, je vais le lire en fin de semaine.

PREMIER MAI

Un premier mai tout ensoleillé et plein de l'odeur des végétaux en rut.

À la périphérie d'un grand parc, un garçon débouche des buissons, contourne une statue pour gagner le sentier et soudain s'immobilise. En face de lui, à vingt pas, une jeune fille sort des taillis derrière un banc public. Ils se regardent avec surprise, un peu mal à l'aise. La situation est cocasse, mais ils ont l'un et l'autre d'autres préoccupations que celle de rire. Ils hésitent; rien à faire, cette allée bordée d'épais fourrés est la seule voie de sortie.

Ils arrivent en même temps sur l'asphalte du sentier, se sourient timidement, baissent le tête et continuent. Mais leur chemin est le même, et il mène vers le centre du parc. Ils vont donc côte à côte, en silence. Chaque pas les rapproche du bassin où des canards s'ébrouent, chaque pas les éloigne du bruit des rues avoisinantes. Seize ou dix-sept ans: ils sont à peu près du même âge, beaux comme on l'est toujours à cet âge.

Il faut bien se parler, sinon la situation devient ridicule. Il ouvre la bouche, rien ne sort. Elle hasarde:

— Il fait beau.

Elle a rougi. Il tousse nerveusement.

— Il fait beau, oui.

Comme ils arrivent près d'un banc, ils s'arrêtent en même temps. Il ose un sourire, elle le rend. Ils s'assoient. Au bout de cinq minutes, le silence est intolérable.

— Vous êtes de Montréal? demande-t-il.

— Oui. Et vous?

— De Saint-Hyacinthe.

Un écureuil les observe; ils observent l'écureuil. Cinq autres minutes s'écoulent.

— Vous...

Ils l'ont dit simultanément et s'esclaffent. La glace est rompue. Elle apprend qu'il est venu à Montréal pour la journée, un peu contre son gré, parce que ses parents exigeaient qu'il les accompagne. Il s'est esquivé. C'est drôle, elle aussi a faussé compagnie à ses parents qui l'obligeaient à les suivre. Ils rient.

— Les parents... soupire-t-elle.

— Ah oui! Les parents...

— Ils ont déjà pensé à tout. Pas moyen de réfléchir et de décider soi-même.

— Faudrait penser comme eux, aimer les mêmes choses qu'eux. Des intransigeants.

— Pourtant, on est assez vieux pour avoir nos propres idées, pour se diriger seuls, non?

— T'as raison. Mais les idées, moi, j'en ai ma claque!

— Des idées? Pfft! Des leçons répétées bêtement, de la démagogie.

Elle conclut avec un geste de la main, le geste qu'on fait pour écarter une mouche agaçante. Il approuve de la tête. Ils en auraient encore long à dire, mais c'est inutile; ils savent l'un et l'autre. Le garçon s'étire dans le soleil. La fille lui offre une cigarette et ils fument.

— Mes parents sont professeurs à l'université, dit-elle.

— Les miens sont agriculteurs.

— Ça se vaut. Ils voulaient m'amener à leur stupide manifestation.

— Moi aussi!

— Ha! ça, c'est drôle!

— Et je me suis sauvé, confie le garçon. Quand je vais les rejoindre, je vais me faire engueuler, t'as pas idée.

— Ce qui m'attend n'est guère mieux. C'est pour ça que je vais attendre à la fin de la journée.

— C'est comme moi, je vais les rejoindre juste avant le souper.

— Qu'est-ce que tu vas faire de ton temps?

— Je ne sais pas. Je ne connais pas beaucoup la ville.

— J'avais envie d'aller au parc d'amusement. Je n'y ai pas mis les pieds depuis l'âge de six ans.

— J'y suis jamais allé.

— Viens.

Ils passent l'avant-midi à s'amuser comme des fous dans les manèges, la grande roue et les montagnes russes sans se soucier le moins du monde de leurs parents. Ils se gavent de frites, de hot-dogs et de boissons gazeuses. Le soleil est chaud comme en été et ils se sentent en vacances.

Pendant l'après-midi, ils aboutissent à la terrasse d'un bistrot. En riant sans raison, ils boivent chacun une bière. Un barbu, un artiste sans doute, s'assoit à leur table et trouve le moyen de se faire offrir un verre. Le nouveau venu a des cigarettes de marijuana, et le garçon en achète une qu'il met dans sa poche. Il la jettera tantôt, l'important est de sauver la face.

Comme le soleil décline et allonge les ombres, le garçon et la fille retournent au parc, s'arrêtent au même banc qu'au matin.

— As-tu déjà fumé un joint? demande la fille.

Il hésite un peu.

— Ben… non.

— On essaie? J'ai vu faire.

Ils fument l'herbe à l'odeur âcre. Ô délicieuse sensation de commettre un geste illicite! Ils sourient béatement.

— C'est le plus beau jour de ma vie, dit le garçon.

Elle ne répond pas, mais lui prend la main. La bière et l'herbe aidant, il lui enserre les épaules. Elle se laisse aller contre lui, tourne un peu la tête et offre ses lèvres. Ils s'embrassent. Ensuite, ils restent longtemps à regarder le ciel entre les branches. Ils profitent de la douceur du temps, savourent cette merveilleuse liberté qu'ils connaissent enfin.

— Moi aussi, c'est le plus beau jour de ma vie, murmure la fille.

Ils s'embrassent une autre fois, puis regardent de nouveau le ciel se ternir lentement. Soudain la fille se rembrunit.

— Va falloir que j'y aille.

— C'est le temps, soupire le garçon en baissant la tête. C'était…

— Non! Ne dis rien.

Ils reprennent le sentier vers l'endroit où ils se sont vus pour la première fois. Ils vont en silence, main dans la main, et lorsqu'ils se séparent pour retourner, lui dans les buissons derrière la statue, elle dans ceux derrière le banc, leurs doigts se serrent un peu avant de se détacher. Ils entrent dans les fourrés d'où ils sont sortis le matin.

- Au bout d'un moment ils reviennent, lui coiffé d'un béret blanc et portant un bannière où se lit: «Marie sauve le monde»; elle brandissant une pancarte qui proclame: «Pour la dictature du prolétariat. Faisons payer les riches.» Ils n'ont pas envie de rire, oh non! pas du tout! Elle a les yeux humides; il sent une boule qui monte et descend dans sa gorge. Sans se toucher, sans même se regarder, ils sortent du parc. Elle va joindre la manifestation qui doit marquer la journée internationale des travailleurs. Quant à lui, il devra courir pour rejoindre la procession qui célèbre le premier jour du mois de Marie.

Un premier mai tout ensoleillé et plein de l'odeur des végétaux en rut...

L'EXTRA-TERRESTRE À L'O.N.U.

Lorsque l'extra-terrestre se posera à New York, il n'y aura ni état d'urgence, ni branle-bas militaire, ni même de panique dans la population. Les films, les romans et les bandes dessinées ont préparé de longue date les esprits à cette éventualité. Plusieurs trouveront même que cette visite a été longue à venir.

Les policiers qui entourent l'extra-terrestre et son véhicule ne seront là que pour protéger le visiteur contre les innombrables curieux qui le mettraient en pièce afin de rapporter un petit souvenir. On le conduira en cortège au siège de l'Organisation des Nations Unies dont l'assemblée générale sera réunie en session spéciale. Plusieurs chefs d'État seront déjà en route pour New York.

La nouvelle de l'arrivée du visiteur se sera propagée comme l'annonce d'un cataclysme ou de la mort d'un pape. Les agences de presse tiendront le filon du siècle; les journaux en feront leurs choux gras durant plusieurs jours. Des fabricants de jouets ajusteront leurs moules; on imprimera le portrait du visiteur sur les objets les plus divers. Les messieurs de la haute couture dessineront en vitesse les modèles «cosmiques» de l'automne, et une demi-douzaine d'écrivailleurs seront à inventer la biographie de l'extra-terrestre.

Pas même un Inuit en détresse sur une banquise en dérive ou un G/wi creusant le sable du Kalahari à la recherche d'une gorgée d'eau, qui ne sera au courant de l'arrivée du voyageur de l'espace. L'espoir se plantera d'un coup dans le cœur des malheureux, de tous les hommes en fait, chacun ayant à se plaindre de quelque chose. Maladies, famines, inondations, sécheresses, guerres: l'extra-terrestre possède sûrement tous les remèdes.

Au siège des Nations unies, les délégués attendront avec impatience l'entrée du visiteur, les chargés du protocole se disputeront pour savoir qui doit prononcer le discours d'accueil et les interprètes se rongeront les poings d'anxiété. Des ambassadeurs se diront: «C'est un diplomate. Il va vanter nos mérites, reconnaître les fruits de nos efforts en disant très poliment que, compte tenu de nos moyens, il eût été difficile de faire mieux. Et il va nous faire partager ses vastes connaissances, nous donner de nouveaux moyens de conquérir notre milieu et, pourquoi pas, de domestiquer des forces qui nous sont encore même inconnues.»

Devant le bâtiment, une centaine d'idéalistes manifesteront. Non, ils ne manifesteront pas. Ils seront plutôt venus en pèlerinage. Eux qui ont toujours prêché le respect de l'écologie, prôné les techniques douces et l'égalité, qui ont condamné la violence, la répression et le racisme, qui ont décrié la faim, la pauvreté et la guerre, qui ont lutté contre le nucléaire, la pollution et la chasse aux phoques, ils triompheront ce jour-là. L'extra-terrestre ne peut que provenir d'une race très évoluée; grâce à lui, un ordre nouveau sera établi. Ils manifesteront, les idéalistes, et plusieurs d'entre eux s'imagineront déjà dirigeant les destinées de ce monde renouvelé.

L'extra-terrestre connaîtra nos langues et nos coutumes; pendant quelques jours il aura scruté notre monde avec attention, étudié discrètement le comportement humain. Après ce préambule, le visiteur changera de ton. Il se déclarera outré par l'exploitation de la sexualité sur la terre; partout, on y fait étalage d'un amour morbide (il ne craindra pas les clichés) pour les organes sexuels.

Les réactions seront diverses chez les délégués. Ceux de l'Est ne comprendront pas:

«Un réactionnaire? Un révisionniste?»

Ceux de l'Ouest craindront de trop bien comprendre:

«Comment a-t-il deviné si vite?»

«C'est bien la chance de la terre: tomber sur un extra-terrestre prude!»

«Bon, après ça, il va nous parler de nos petites guerres, de la violence, de la pauvreté. Les mêmes éternels discours.»

L'extra-terrestre poursuivra son réquisitoire. Partout des organes sexuels exposés à la vue, vendus et offerts, des organes sexuels choyés, cajolés, aimés. Même les jeunes terriens sont contaminés; il aura vu des enfants à genoux au milieu des parterres des jardins publics, le nez dans les fleurs; tout ça, sous l'œil complaisant des adultes. Et ces sexes, en couronnes ou en gerbes, accompagnent l'homme de la naissance à la mort, soulignant chaque moment important de sa vie.

L'assistance commencera à bâiller et à grommeler; tous auront compris qu'on a affaire à un fou ou à un illuminé. Le visiteur se rendra compte qu'on ne l'écoute presque plus et il haussera progressivement le ton. Il ragera bientôt. Des fleurs! Des fleurs! Des fleurs partout! Comment une race qui n'a aucun respect pour la pudeur des végétaux et qui va jusqu'à faire le commerce de leurs organes génitaux, comment une telle race pourrait-elle avoir une attitude saine face à elle-même? Il déclarera en avoir assez vu pour se faire une idée juste de la situation et ne pas avoir besoin de pousser plus loin son enquête. (Plusieurs délégués seront en train de quitter la salle avec ostentation. Ils s'arrêteront net en entendant la suite.) Sur sa recommandation, le Conseil galactique aura décidé d'exterminer la race humaine. La terre sera désintégrée dans une heure.

Avant même que le vaisseau de l'extra-terrestre ait quitté la stratosphère, la nouvelle de sa menace aura atteint tous les hommes. La moitié de l'humanité prendra la chose avec un long éclat de rire; l'autre moitié se précipitera dans les champs, les jardins ou les boutiques des fleuristes, histoire de mourir le nez dans les fleurs.

L'ANNÉE INTERNATIONALE
DE L'ENFANT

M. Vezeau venait de souper. Allant s'installer dans le meilleur fauteuil du salon, il attrapa au passage le quotidien. Il aurait le temps de parcourir les grands titres avant le début de son téléroman préféré. Une petite nouvelle, sur une seule colonne au bas de la première page, attira son attention.

NATIONS UNIES (GENÈVE-AFP) DOUZE DES 122 MILLIONS D'ENFANTS NÉS L'AN DERNIER SERONT MORTS AVANT LA FIN DE 1979, AFFIRME L'ORGANISATION MONDIALE DE LA SANTÉ.

«Douze millions! se dit M. Vezeau. Quand même, c'est du monde. La moitié de la population du Canada. Et des enfants, en plus! Et ça, c'est sans compter ceux qui sont mort-nés ou qui ont crevé dans les premières semaines. Pis, les autres sont pas encore réchappés! Ouais! une chance que ça se passe ailleurs! Pis, dans le fond... une chance que ça arrive! Ben oui, ils grandiraient pour faire quoi? Chômer, jeûner, se sous-alimenter, se faire la guerre entre eux? Dans ces pays-là, c'est rien que ça: révolutions, coups d'État, tortures, maladies, famines, sécheresses, sauterelles, inondations, tremblements de terre, volcans, raz-de-marée, cyclones. Le journal en est plein de ces histoires. Dans le fond, ces petits enfants-là qui meurent sont chanceux.»

M. Vezeau est ému. Puis il ricane doucement: «Ça fera toujours ça de moins d'immigrants qui volent nos jobs.» Cette pensée l'amuse en même temps qu'elle lui fait honte. Pourtant, pas de raison d'avoir honte, ce n'est qu'une plaisanterie un peu cynique. Il peut se la permettre puisque lui, il n'est ni raciste ni xénophobe. Il poursuit sa lecture.

PLUS DRAMATIQUE ENCORE EST LA SITUATION DE NOMBREUX ENFANTS SURVIVANTS QUI, À CAUSE D'UN ENVIRONNEMENT DÉFAVORABLE, NE JOUIRONT JAMAIS D'UNE BONNE SANTÉ ET NE POURRONT PAS DÉVELOPPER PLEINEMENT LEUR POTENTIEL, AJOUTE L'O.M.S.

«Bon, c'est ben ce que je disais: ceux qui meurent sont chanceux.»

Son chien vient s'étendre à ses pieds; M. Vezeau consulte sa montre. Il a le temps de lire les dernières lignes avant le début de son émission de télévision.

À ELLES SEULES, SEPT MALADIES TUENT CHAQUE ANNÉE PLUS DE 10 MILLIONS D'ENFANTS, ALORS QUE L'ON DISPOSE DE VACCINS EFFICACES CONTRE SIX D'ENTRE ELLES ET QUE LA SEPTIÈME (LES DIARRHÉES) POURRAIT ÊTRE ÉVITÉE PAR UNE MEILLEURE DISTRIBUTION DE L'EAU POTABLE.

«Ça y est, on va essayer de nous culpabiliser! Leur papier, ça veut dire: les vaccins existent, mais les méchants capitalistes les gardent pour eux. Et: les Blancs égoïstes ont de l'eau potable à profusion. Pis après? C'est pas notre faute si on est nés où c'est plein de rivières.

Ils ont le soleil, eux! Pis les vaccins, nos enfants y ont droit eux aussi. Charité bien ordonnée...»

Irrité, il replie le journal, le jette sur la table à café et pose les pieds dessus. Il actionne la commande à distance du téléviseur et lâche à haute voix:

— Germaine! faudrait penser à faire vacciner le chien, ça doit être le temps de ses rappels.

LA CHARRUE
AVANT LES BŒUFS

Il est à sa machine depuis l'aube. C'est qu'il est travailleur, le jeune écrivain ambitieux. Il a depuis longtemps compris qu'il n'est pas un écrivain de premier jet, tout comme il n'a pas la répartie vive, mais l'esprit d'escalier. Il devra se résoudre à être un tâcheron de l'écriture.

Il est à sa machine depuis l'aube et voilà qu'une pensée le trouble: il ne suffit pas d'avoir un bon produit, il faut également soigner l'emballage. Et l'emballage d'un écrivain qui a réussi, c'est sa légende, les anecdotes qu'on raconte à son sujet, les mots d'esprit qu'on lui attribue... même sans l'avoir jamais lu.

Le jeune écrivain ambitieux voit bien que le côté «emballage» est son point faible. Il aimerait qu'on cite un jour ses répliques, mais il n'en a jamais d'intéressantes. Pour corriger cette situation, il décide donc de noter des mots d'esprit. Cela évitera aux gens de devoir les retenir. «Et puis, songe-t-il, quoi de mieux qu'une répartie spontanée... savamment mûrie?»

Sa machine crépite:

L'important pour connaître un homme n'est pas de s'interroger sur ce qu'il croit, mais sur ce qu'il fait semblant de croire.

L'ultime marginalité? Être normal.

En tout domaine, ma position est nette: je suis pour ce qui est contre et contre ce qui est pour.

À un artiste qui s'étonnait de mon complet sobre:
— Son originalité, on l'exhibe sur soi ou on la couche sur papier.
— Rimbaud en Fortrel! s'exclama-t-il.

Il faut être bien méchant pour dire d'une personne:
— Elle est si agréable, parce que si simple.
La simplicité est la plus haïssable des hypo-crisies.

L'important est de savoir plaire jusqu'à la fin et de ne pas perdre le sens de l'humour en mou-rant. Pour ma part, j'ai déjà préparé les blagues que je raconterai au personnel de l'hôpital où j'agoniserai.

Les gens sots ont toujours l'air de vous com-prendre quand vous n'y arrivez pas vous-même.

L'avantage d'être écrivain? Pouvoir convertir en argent sonnant une peine d'amour ou la mort d'un être cher.

Je mange à tous les râteliers et ne mords pas
la main qui me nourrit, me disait-il la bouche
encore pleine de doigts juste croqués.

Je connais un homme qui a bâti toute sa vie sur
quelques mots. Jeune étudiant timide et de
bonne famille, il rencontra une fille au snack-
bar. Cheveux platine, veston de cuir, jean trop
serré sur des fesses trop grasses, elle mâchait
du chewing-gum. Elle lui sourit et vint s'asseoir
à côté de lui. Il chercha désespérément une
phrase susceptible d'impressionner.
— J'aime une petite vulgarité de bon aloi.
Elle le gifla en jurant comme un charretier. Il
comprit qu'il s'était trompé, non de phrase,
mais d'auditoire. Et avec cette petite phrase
qu'il disait avec un sourire entendu, il obtint un
succès fou dans les salons. Les femmes, plus
très jeunes mais encore snobs, se pâmaient.
Avec sa petite phrase, il fit une longue carrière
dans la bonne société.

Quand je veux me venger de quelqu'un, je m'en
fais un ami. Peut-être n'aurai-je vraiment aimé
que les gens que j'aurai réussi à toujours éviter.

Pour devenir éternel, il faut écrire. Mais pré-
cisons tout de suite que ce n'est pas le livre qui
vous fait durer. Le bruit de la machine à écrire
éloigne la mort... comme il éloigne la vie,
d'ailleurs.

Ce n'est pas vrai que j'aime les gens; j'aime être bon.

Je suis très sensible aux injustices et toutes celles qui pullulent dans notre monde m'affectent. Dire que plus tard je serai associé à cette époque.

Tout à coup le jeune écrivain ambitieux s'arrête d'écrire. Il sourit encore de ses mots. «C'est bien beau tout ça, se dit-il, mais avant, je devrais peut-être faire mon premier roman. Il ne faut pas mettre la charrue avant les bœufs.»

Et il éclate d'un grand rire. Un rire silencieux parce qu'intérieur. Il ouvre les yeux. Les champs s'étalent devant lui; il a les pieds solidement posés sur le sol. Il tourne la tête et revoit derrière lui, le joug, les harnais, le bas-cul, la charrue; à côté, le fermier qui fait la sieste sous un arbre. Il se remet à ruminer.

Quelle idée pour un bœuf de rêver qu'il est un jeune écrivain ambitieux!

NI DIEU NI MAÎTRE

Dernier survivant de mon époque, je veux témoigner ici d'une décennie dont l'Histoire officielle a effacé toute trace: 2001 à 2010. Neuf années folles et heureuses s'il en fut jamais!

Le grand bouleversement commença d'une manière banale. On pourrait même dire que l'incident était insignifiant. Le 23 mai de l'an 2000, Robert Tremblay, de Montréal, retourna au gouvernement le chèque d'allocations familiales qu'il venait de recevoir. Il avait joint au chèque une missive expliquant que, dorénavant, il ne voulait plus des largesses de l'État puisque, par la présente, il désavouait le contrat qui le liait audit État.

Ce geste n'attira l'attention de personne et le mois suivant l'ordinateur expédia un nouveau chèque. En juillet de la même année, Robert Tremblay reçut une mise en demeure de produire un rapport d'impôt sur son revenu de l'année précédente. Il retourna le formulaire accompagné d'une copie de la lettre dans laquelle il déclarait caduc le contrat social.

Cette fois, la déclaration fut remarquée. Les fonctionnaires s'amusèrent de cette plaisanterie et le mot fit

le tour du ministère. On téléphona même à Robert Tremblay pour lui dire que sa blague avait été appréciée et lui
rappeler par la même occasion que le délai pour envoyer
son rapport d'impôt était largement écoulé. Le contribua-
ble Tremblay expliqua le plus sérieusement du monde
qu'il ne s'agissait pas d'une blague. On le menaça: le
ministère le forcerait et il devrait payer en sus des intérêts et une amende. Robert Tremblay répondit qu'il n'avait
pas l'intention de payer quoi que ce soit à un État dont
il niait l'existence.

La «blague» prit des proportions beaucoup plus grandes quand le ministère du Revenu tenta de récupérer ce
qu'il considérait comme son dû. Le citoyen Tremblay
avait quitté son emploi, vidé son compte en banque et
liquidé ses biens. Rien à saisir! Il avait sans doute de
l'argent dissimulé quelque part; il ne pouvait en être autrement, puisque Tremblay n'avait réclamé ni assurance-
chômage, ni assistance sociale. Peut-être participait-il
aussi à cette économie occulte basée sur le troc et
l'échange de services, cette économie qui prospère en
marge de l'économie officielle.

Robert Tremblay se retrouva en cour où il expliqua
à nouveau son rejet du contrat social, ajoutant même qu'il
ne reconnaissait ni la suprématie de l'État, ni l'autorité
du juge. Il rejetait les lois, prétextant qu'il était bien capable de vivre sans elles; il n'avait qu'à jouir de sa liberté
sans nuire à celle des autres. Devant la cour outrée, il
déchira son passeport, sa carte d'assurance-maladie, sa
carte d'assurance sociale et son permis de conduire.
Sommé de s'expliquer, il ne trouva que ces phrases sim-
plistes:

— Ma vie est mon seul bien, et c'est la seule vie que
j'aurai jamais. Je veux la mener à ma guise, ne pas me

faire voler mon temps par un dieu ou un État. Je sais mieux que personne ce qui est bon pour moi et je respecte les autres. Je n'ai donc besoin ni d'un maître, ni d'un garde-chiourme.

Les journaux s'emparèrent de l'affaire et cette phrase si banale, après avoir fait sourire les gens, se planta insidieusement dans les cœurs et les esprits. Alors que Robert Tremblay purgeait ses deux années d'emprisonnement, semant son mauvais esprit en prison, minant peu à peu le système carcéral basé sur la hiérarchie et la peur de l'autorité, les mots prononcés lors du procès faisaient leur chemin.

C'est en Californie que se levèrent les premiers disciples se réclamant de Tremblay. Le mal y fit des ravages inouïs. En quelques semaines, tout s'écroulait et, comme une traînée de poudre, il se répandit par toute l'Amérique, sauta les océans et s'étendit à toute la planète. Aucun État ne fut épargné, les plus répressifs sautant les premiers. Il n'y avait ni remède ni parade. Que faire quand tous les gens rejettent l'autorité, ne luttent pas contre elle, mais haussent les épaules en riant et vivent comme si elle n'existait pas? Vous pouvez être contre-maître, patron, juge, policier, général, Premier ministre ou Président, quand plus personne ne vous prend au sérieux, vous n'êtes plus rien.

C'était l'anarchie! États, lois, systèmes, empires commerciaux: plus rien ne tenait. Capitalisme, socialisme, communisme, religion: plus rien de cela n'avait de sens. Il y eut quelques suicides, plusieurs n'acceptant pas de n'être ni riches, ni puissants, ni craints.

Après quelques mois de flottement et de friction la vie reprit son cours. Une vie débarrassée des contraintes artificielles. Ô surprise! L'individu était capable de se diri-

ger lui-même sans être harnaché et encadré. Il travaillait
pour satisfaire ses besoins, pas plus. Avec l'appât du gain
avaient disparu la compétition, la violence, la guerre et
l'exploitation. La faim aussi était sur le point de n'être
plus qu'un mauvais souvenir. On redécouvrait que
l'homme peut être attentif aux autres, généreux, dévoué,
amical et surtout, que l'homme peut aimer le travail bien
fait.

Et les choses allèrent ainsi durant quelques années.
Enfin un ordre nouveau régnait sur la planète. Plus de
pays, mais des régions autonomes et inter-dépendantes.
Plus de nations, mais des races et des ethnies fières de
leur identité et conscientes de contribuer à l'enrichisse-
ment de l'humanité. Le paradis terrestre!

Cependant, à peine égalisée, la société avait commencé à se stratifier de nouveau. Les hommes ne nais-
sent pas égaux, et de plus en plus d'individus accumulaient
des biens, s'entouraient de subalternes. Phénomène mar-
ginal au début, cette stratification devint bientôt apparente
et s'accrut selon une progression géométrique.

Il y eut d'abord des dirigeants de quartier, de chefs
de ville, puis des petits seigneurs régionaux et finalement
des rois et des monarques divers. Des révolutions éclatè-
rent partout; selon ses antécédents, on instaura des démo-
craties et on vota des lois ou on organisa des républiques
socialistes et des polices politiques. Derechef l'homme
connut les impôts, les taxes, le chômage, la pauvreté, la
prison. Les travailleurs se regroupaient pour résister aux
nouveaux patrons. Tout redevenait lutte. L'avarice, la
cupidité et l'égoïsme remplaçaient le goût du travail, le
sens du dévouement et la générosité.

En dix mois, le vent de folie qui avait soufflé sur
l'humanité durant neuf ans tombait et les choses revenaient

dans l'ordre habituel. Les nouveaux systèmes n'avaient rien à envier aux anciens en matière d'exploitation et de répression. Comme autrefois, de gauche ou de droite, les régimes utilisaient les mêmes moyens d'asservissement des individus. Et les nouveaux dirigeants mirent tout en œuvre pour effacer «la grande erreur» de la mémoire des hommes. En une génération on y était presque parvenu. Un peu plus tard, les derniers témoins de cette époque furent exilés sur la lune, dans un camp sous la surveillance d'une commission de l'Organisation des Pays unis.

J'y ai vu peu à peu s'éteindre ceux qui auraient pu témoigner des possibilités de l'humanité. Ils sont morts de nostalgie, morts de désespoir, se demandant comment on avait pu croire possible de changer les systèmes sans d'abord changer le cœur de l'homme.

> N. A. 201 392 725 198
> 9 mai 2084
> Colonie pénitentiaire du cirque de Tycho

UNE CHASSE

Le sable crissa sous le *Beaver,* l'hélice s'immobilisa. James Donohue II sauta sur un flotteur, alerte malgré ses cinquante-trois ans et sa vie sédentaire d'homme d'affaires. Ayant attaché une amarre à l'hydravion, l'homme se précipita en courant sans se soucier de l'eau qui l'éclaboussait. Bientôt il avait traversé la mince plage et atteint l'abri des fourrés.

Tandis qu'il nouait le câble à une épinette, James Donohue II sourit. Il venait de revivre, durant une seconde, un débarquement sur une plage du Pacifique alors qu'il n'était qu'un jeune G.I tremblant sous son casque. Tremblant, mais brave. Brave comme l'avaient été son père, James Donohue, et tous les Donohue avant lui.

L'homme respira un grand coup de cet air si pur de l'Ungava et il regarda le lac, ce petit lac tout près de la Kaniapiskau, qui, pour le temps d'une chasse, serait *son* lac. Des épinettes le frangeaient de vert. Derrière, les mousses, vertes elles aussi, couvraient les collines basses. Les bouleaux et les saules arctiques jetaient les seules notes de couleur dans ce paysage austère mais harmonieux. Ce serait son domaine privé durant toute une semaine; loin de la civilisation, il régnerait comme un empereur ou comme le conquérant d'une terre nouvelle.

Edwards, le chauffeur, pilote quand il le fallait, vint rejoindre son patron qui lui offrit un cigare. C'était chose rare! James Donohue II devait être heureux.

— Bel atterrissage, Edwards.

— Vous avez remarqué le nombre de pistes de caribous autour du lac?

— Bien sûr, Edwards! Je remarque toujours tout. Nous ferons une bonne chasse.

— Tu viens m'aider, chéri?

C'était Clara. Clara Donohue, sa femme.

— Allez-y, Edwards.

Bientôt le camp était installé, l'hydravion hissé un peu plus haut sur la grève, le canot mis à l'eau. Edwards cuisinait le souper pendant que Mrs. Donohue lisait allongée sur une chaise et que James Donohue II préparait des martinis. Après le repas, ils flânèrent sur le sable en prenant le cognac tandis que le soir se faisait. À la charge du lac, là où se miraient les lueurs du couchant, une petite troupe de caribous traversa à la nage. Des outardes qu'ils avaient dérangées s'éloignèrent en criant. Ce serait une belle chasse.

Dès l'aube, les deux hommes passèrent de l'autre côté du lac et grimpèrent dans les collines. Edwards vit un caribou, mais il était trop loin. De toute façon, la chasse ne faisait que commencer. On pourrait toujours utiliser l'avion si, au milieu de la semaine, la chasse sportive n'avait pas donné de fruits. Donohue avait l'habitude de ces petites tricheries; pour lui, seul comptait le résultat. À l'heure de midi, ayant cassé la croûte, ils revinrent en se séparant afin d'augmenter leurs chances.

En tête-à-tête avec lui-même, James Donohue II put faire le point. Cinquante-trois ans, encore en forme, beaucoup d'années devant lui. Il avait réussi, était riche et respecté, craint parfois. La seule chose qui clochait dans sa vie: Clara. Il l'avait toujours traînée comme un boulet; plus jeune que lui, elle ne comprenait rien à ses aspirations. S'il avait réussi, c'était malgré elle, en la bousculant. Maintenant leur vie était devenue intenable; comme un ver dans un fruit, elle l'empêchait de savourer pleinement la réussite. Mais, chez les Donohue on ne divorce pas. Et de toute façon, la seule pensée de devoir payer une pension alimentaire faisait frémir James. C'était l'impasse.

Il atteignit le lac à quelques centaines de verges de l'endroit où était amarré le canot. Edwards n'était pas en vue. De l'autre côté de l'eau, Clara lisait sur la plage. «Venir en Ungava pour lire! C'est bien elle, ça!» À travers la lunette d'approche de sa carabine l'homme put la contempler à loisir. Ces yeux, cette bouche: il les avait tant aimés. Et cette poitrine... Derrière la peau, le cœur. Juste où se croisent les cheveux de la lunette; une pression du doigt et Clara ne serait plus qu'un souvenir. À cette distance la balle de 264 W. Magnum aurait une trajectoire presque rectiligne.

James Donohue II, tireur d'élite dans la marine américaine, avait souvent regardé un ennemi à travers une lunette de visée. Et il avait rarement manqué la cible. Clara était devenue une ennemie. Une pression du doigt: un accident de chasse. Edwards dirait comme son patron afin de conserver sa situation. Non, même Edwards croirait à l'accident. Mais il fallait faire vite, profiter de l'absence du chauffeur. James Donohue II enleva le cran de sécurité, respira à fond et...

(Clin d'œil au lecteur. J'ai bien envie d'arrêter ici puisque vous avez tous deviné la suite. Ou plutôt, non. Mieux, je vous donne trois fins. À vous de choisir.)

... et il tira. Là-bas, la chaise longue se renversait.

(Banal!)

... et, comme il allait tirer, il entendit une détonation en même temps qu'il sentait une brûlure dans la poitrine, puis il ne sentit plus rien. Sortant d'entre les arbres, sa carabine à la main, Edwards fit de grands signes du bras à la riche et jeune veuve qui lui souriait de l'autre côté du lac.

(C'est déjà un peu mieux, n'est-ce pas? Passons à la troisième fin.)

... et ne tira pas. Il continuait d'observer sa femme à travers la lunette. Un coup de feu retentit; là-bas, la femme se levait et regardait vers lui avec anxiété.

«Ma salope, pensa Donohue, tu crois que ton amant vient de me descendre. J'ai une surprise pour toi.»

Sortant d'entre les arbres, sa carabine à la main, Robert fit un petit signe de la main à son patron. Ce cher Robert! Compagnon de guerre et, depuis, prête-nom, confident et homme de main. Maintenant qu'Edwards s'installait pour toujours en terre canadienne, Robert deviendrait, en plus, chauffeur et pilote.

(On pousse plus loin?)

Clara ne comprenait plus rien en voyant deux hommes embarquer dans le canot.

«Cet imbécile d'Edwards a eu la trouille. Lavette, va!»

Dire qu'elle avait recommencé à vivre en entendant le coup de feu, un coup tiré sans doute sur un animal. Mais... cette silhouette? Clara prit les lunettes d'approche et examina les occupants du canot. Ce n'était pas

Edwards qui manœuvrait le hors-bord. Cette fois, elle comprit tout, tout de suite; elle n'était pas bête et, surtout, connaissait bien son mari.

James Donohue II était au courant de sa liaison avec le chauffeur et il avait déjoué leurs plans! Avant même d'arriver en Ungava, Edwards avait un remplaçant désigné. Un remplaçant qui l'attendait sur place. Clara n'eut pas peur pour elle-même: l'amant liquidé, James ne reparlerait pas de l'incident et on continuerait comme si de rien n'était.

Le canot se rapprochait; Clara scruta avec intérêt le visage du nouveau chauffeur.

«Plus âgé qu'Edwards, mais pas mal. Oui, il n'est pas mal, pas mal du tout.»

(On remet ça?)

Ils arrivaient au campement. James Donohue II jubilait. L'affaire était classée, demain on pourrait se consacrer sérieusement à la chasse. Tout à coup, James eut un mouvement de stupeur: imperméable froissé, mains dans le dos et mâchouillant un bout de cigare, Columbo faisait les cent pas sur la plage.

LE BON SAMARITAIN

Il était vraiment mal pris et ne voyait aucun moyen d'en sortir: plus un sou, plus rien à manger, pas de travail, la femme qui allait accoucher dans moins d'un mois, le loyer déjà en retard. Peut-être qu'il pourrait obtenir un secours d'urgence de l'Assistance sociale. Il se rendit donc au bureau le plus près. Il y avait foule devant la porte. Un homme l'interpella.

— Aïe! Où tu vas comme ça?

— Bien... au bureau du Bien-être social.

— C'est fermé.

— Fermé? On est vendredi.

— Une grève. Tu vois pas nos pancartes? On fait du piquetage.

— J'suis mal pris, j'ai besoin d'argent.

— Nous aussi on a besoin d'argent.

Les grévistes rient. Un autre renchérit:

— Nous aussi on a droit à un peu de bien-être.

Les rires redoublent. L'homme tourne les talons et s'éloigne en disant pour lui-même:

— Mais moé, c'est urgent.

Aucune considération pour lui. Rien de surprenant; déjà, lorsqu'ils sont à l'œuvre dans leurs bureaux… Mais il faut trouver de l'aide. L'Église! L'Église qu'il a délaissée depuis si longtemps sera son refuge. Peut-être est-ce la volonté de Dieu qui par le malheur le ramène dans le troupeau.

— C'est pas les heures de bureau.

— C'est que j'ai besoin d'aide, c'est urgent.

— Revenez à deux heures et demie. «De 14 h 30 à 16 h 30», c'est marqué là!

— Ma femme est enceinte, j'ai pas de travail, pas d'argent et rien à manger.

— Ah!… pour ça, faut aller à la Saint-Vincent-de-Paul.

— Où?

— Attendez ici, je vais vous donner l'adresse du président de l'organisation.

Il repart avec l'adresse griffonnée sur un bout de papier. C'est à l'autre bout de la paroisse; vingt minutes de marche avec un estomac vide depuis la veille. Voici enfin la maison; il sonne. Une femme assez âgée vient répondre.

— M. Barnabé Saindon, s'il vous plaît.

— M. Saindon est pas ici.

— Savez-vous où je pourrais le rejoindre? C'est urgent.

— À Miami. I est parti en vacances. Peut-être que je pourrais…

— J'suis mal pris; ma femme est enceinte, j'ai pas de travail, pas d'argent et rien à manger.

— Ah ben oui, M. Saindon aurait pu vous aider! Mais i est pas là.

— Peut-être qu'un autre... Il est pas tout seul dans la Saint-Vincent-de-Paul?

— Ça doit pas. Je sais pas, j'suis juste la gardienne, moi. J'peux rien faire. Allez voir au presbytère.

Il repart sans rien dire. Que faire? Que faire? Il marche au hasard durant quelques minutes et devant une cabine téléphonique, l'idée lui vient: les institutions de charité. Il en trouve toute une longue liste dans l'annuaire téléphonique. Comme il n'a pas de crayon pour noter les adresses, il arrache la page et la plie soigneusement. Comble de chance, un de ces organismes a ses quartiers tout près. C'est un vrai pauvre qui va frapper à leur porte, pas un profiteur.

Un vieil homme aux cheveux blancs lui répond:

— Ouai?

— J'ai besoin d'aide.

— Vous sortez de prison?

— Non, répond l'homme surpris. Ma femme est enceinte, j'ai pas de travail, pas d'argent et rien à manger.

— Ici on aide que les pauvres vieux.

— J'suis pauvre et mal pris.

— Mais vous êtes pas vieux. Nous, on reçoit de l'argent du public pour aider les vieux. Vous êtes jeune, vous avez l'air en santé, travaillez!

— Mais...

— On peut rien faire pour vous. Bonjour!

Il se retrouve sur le trottoir, gros-jean comme devant. Trois-quarts d'heure de marche plus tard, il se fait dire que là on n'aide que les femmes en détresse. Ailleurs, c'est pour les robineux, les anciens prisonniers, les malades mentaux, les religieuses violées, les sinistrés qui ont subi des brûlures au moins au deuxième degré, les prêtres défroqués, mariés et qui viennent de divorcer, les fils aînés de veuves d'anciens combattants, et enfin les filles grosses des œuvres de députés. Rien pour les types en santé qui ont une femme enceinte, pas de travail, pas d'argent et rien à manger.

Le désespoir le gagne. Tout a échoué; on est déjà l'après-midi et bientôt ce sera la fin de semaine. Un week-end à jeûner. À moins de profiter de ce temps pour tuer sa femme et se suicider ensuite. À moins de s'enlever la vie tout de suite. Il passe justement devant une bouche de métro. Mais il n'a même pas la monnaie pour payer son entrée.

— Veux-tu acheter le journal des travailleurs?

C'est un jeune barbu qui le retient par le bras. Il a l'autre main chargée d'une pile de feuilles de chou à en-tête rouge.

— Non, j'suis chômeur.

— À plus forte raison: t'es victime du système d'oppression capitaliste.

— Victime, ça tu peux le dire!

— Faut pas seulement le dire, faut agir. Se regrouper. Tous les prolétaires ensemble.

— J'ai déjà assez de misère à me débrouiller tout seul! Une femme enceinte, pas de travail, pas d'argent et rien à manger.

— I faut que tu réalises que ton cas s'inscrit dans la lutte des classes. Dépasse ton problème personnel et sois solidaire des autres prolétaires.

— C'est pas ça qui va me faire manger.

— Tu comprends rien; dans not' groupe tout le monde se sacrifie, s'implique, milite. On travaille pour demain, pour qu'il y ait plus jamais de gars blessés dans leur dignité comme toi.

— Tout de suite, pouvez-vous m'aider moi pis ma femme?

— Ben non, j'suis chômeur moi aussi; même que je verse la moitié de mon assurance-chômage à la caisse du Parti. J'vas te donner le journal, par exemple.

— Laisse faire, ça se mange pas.

Il s'éloigne rapidement. Vingt pas plus loin, un autre distributeur de journaux l'arrête...

— T'as ben fait de pas prendre sa cochonnerie. Des staliniens! La vérité, c'est que...

Il se dégage et poursuit sa route sans prendre la peine d'écouter la suite. C'en est trop! Il éclate de rire; un rire dont chaque éclat lui déchire l'intérieur. Un pauvre rire de pauvre affamé; un rire qui torture un peu plus l'estomac vide.

L'homme se calme et fouille dans ses poches; plus de cigarettes! Il arrête des passants et au troisième, obtient la cigarette quémandée. La fumée endort l'estomac. Que faire? Que faire?

«Christ! I doit bien y avoir une solution.»

Mais il n'en voit pas et erre de par les rues. Il n'a pas le courage de rentrer et de rencontrer le regard de sa femme. Oh! elle ne dira rien, ne se plaindra pas; il n'y aura pas de lueur de reproche dans ses yeux, rien que de la détresse. Elle courbera un peu plus la tête, résignée. Repliée sur elle-même, elle songera à la Beauce où sont tous les parents et les amis, à l'erreur que fut ce départ vers la ville.

Devant une église, il se heurte à une foule de jeunes hommes et de vieilles dames qui prient. Les garçons portent des capes et des baudriers et brandissent des étendards où est brodé: «Tradition, Famille, Propriété». Ils chantent des cantiques et distribuent des tracts. Se disant qu'on va lui servir un quelconque sermon, il décide de passer à l'attaque dès qu'on l'aborde.

— Ma femme est enceinte, j'ai pas de travail, pas d'argent pis rien à manger. J'aurais besoin d'aide.

Le garçon au béret se fige, et durant une seconde les muscles de son visage frémissent. Il se recompose vivement une contenance et le ton qu'il emploie est condescendant.

— Il existe des œuvres charitables et bienfaisantes dans l'Église pour vous aider, mon ami. Nous, nous sommes des soldats de l'Église, les défenseurs des valeurs traditionnelles de notre civilisation. Nous travaillons au niveau des idées et des principes, et nous luttons contre le monstre sournois du communisme.

En haussant les épaules, notre homme reprend son chemin. Peu à peu s'éteint la rumeur des cantiques, et celle d'une rue achalandée lui fait place. Il s'y rend, sans but précis, par désœuvrement. Un flot continu d'automobiles, des courants d'humains pleins de remous; le bruit confus des paroles traversé par de stridents coups de klaxon ou des hurlements de freins. Et l'odeur! Les odeurs. Elles viennent d'une rôtisserie, d'un restaurant, d'une pâtisserie. Une véritable torture.

Devant un grand hôtel, il entre en collision avec un gros homme qui sort d'un dîner de la Chambre de commerce. Pas de mal, l'homme est bien rembourré.

— Pardon.

— Je m'excuse.

L'homme marche à côté:

— Vous avez l'air abattu. Ça va pas?

Qu'est-ce qu'il lui prend à ce bonhomme qui fume un énorme cigare sans se soucier de la cendre qui dégringole sur son beau costume de laine?

— J'ai rien.

Il n'a surtout pas envie de reprendre une autre fois cette histoire de femme enceinte, de chômage, de manque d'argent et de nourriture. Son histoire.

— Je suis perspicace. Je le sais bien que ça va pas. Des ennuis? Faut pas s'en faire, on en a tous.

— Pas des pareils.

— Tout se tasse, tout s'arrange dans la vie.

— Vous pensez? Moi, je vois pas de solution: j'ai une femme enceinte, j'ai pas de travail, pas d'argent et rien à manger. Je tourne en rond là-dedans.

— Rien à manger?

— Non, rien.

Ce disant, l'homme retient un rot qui lui ferait pourtant le plus grand bien.

— Ça se peut pas, me semble.

— J'ai fait toutes les places possibles depuis le matin: rien. La fin de semaine arrive et, à part du poivre et du sel, on a rien de mangeable à la maison.

— Impensable! Y a certainement une place où trouver de la nourriture. Ça se peut pas, mourir de faim à Montréal.

— Une place? Laquelle?

— J'avoue que j'ignore. Mais… on paie tellement d'impôts et de taxes. Le système d'aide sociale est tellement développé!

— En grève, les fonctionnaires.

— On donne tellement à toutes sortes d'œuvres.

— Y avait rien pour moi nulle part.

— Avoir faim à Montréal en 1980. Incroyable. Et… où allez-vous comme ça?

— J'sais pas trop. Je marche, j'essaie de trouver une solution.

— Je suis pas pressé, je vous reconduis chez vous.

Ils sont devant l'entrée du parking souterrain de l'hôtel; d'un geste de la main, le richard fait taire les possibles objections. Déjà un employé arrive au volant de la luxueuse voiture. Ils y prennent place. Intimidé et mal à l'aise, le pauvre ne sait trop que dire.

— Où habitez-vous?

— Visitation, près d'Ontario. Mais je veux pas vous retarder, je peux marcher.

— Tut! Tut! Ça va prendre quinze minutes, à peine. Je suis pas pressé. Fait tellement beau. Et puis, avant, on passe à l'épicerie.

— Non, non, voyons!

— Vous avez faim, votre femme est enceinte et vous êtes cassé, c'est bien ça?

— Oui.

— Et vous cherchez depuis le matin?

— Oui.

— Vous avez rien trouvé?

— Non.

— Bon! Vous allez pas refuser que je vous aide? Même pas aider, seulement partager.

— J'sais pas comment...

— Laisse faire. Entre humains faut se tenir, hein? On est tous dans le même bateau.

Ils arrêtent à une épicerie. L'homme d'affaires pousse le chariot et l'autre hésite devant les étalages.

— Du sucre, du riz, de la soupe en conserve. Regarde pas le prix. On prendra un deuxième chariot s'il le faut. Et pis non, c'est pas la bonne méthode. Pousse, moi je vais remplir.

L'homme d'affaires est ému et une grande exaltation le gagne. Il se souvient qu'au collège il allait, le samedi, aider des familles pauvres, peindre leur taudis, y faire de grands ménages.

«Mettre la main à la pâte! Je me reconnais là. Malgré les années et la réussite, je suis resté un idéaliste comme durant mon adolescence.»

La voiture s'arrête devant le logis de la rue Visitation. Une maison de brique branlante qui tient encore debout parce qu'elle s'appuie sur les maisons avoisinantes. Les planchers doivent être de travers et le reste à l'avenant.

— Ton métier?

— N'importe quoi. Homme à tout faire.

L'homme d'affaires écrit une adresse au verso d'une carte de visite.

— Tiens. Va là lundi, on a certainement besoin d'un homme de ménage ou d'un gardien de nuit. Avec ma carte, t'auras une job. Dis-leur qu'ils peuvent m'appeler.

— Je... Je...

— Non. Je te l'ai dit: on est tous dans le même bateau, faut se serrer les coudes. Prends ça pour le taxi lundi matin.

Le chômeur prit le billet de vingt dollars et le regarda avec incrédulité. Un beau billet tout neuf qui craquait entre les doigts. Puis, en remerciant, il l'empocha et héla deux garçons du voisinage afin qu'ils l'aident à porter les paquets. Seul dans sa voiture, l'homme d'affaires resta un moment à contempler l'enfilade de maisons décrépites dont chacune devait abriter sa part de misère. Il était toujours ému et cela lui donnait l'envie de partir immédiatement à la campagne; il était tellement bien dans sa peau, satisfait et heureux de vivre.

Tout est bien qui finit bien? Le méchant capitaliste est finalement celui qui s'est montré le plus généreux et il y aurait une quelconque leçon à tirer de cette fable? Pas si vite!

C.W. Arnaud ne pouvait partir tout de suite pour sa résidence secondaire, même s'il faisait un temps splendide. Il devait retourner au bureau; cet après-midi-là, il signait le contrat avec la firme de démolition: toutes ces vieilles bicoques de la rue Visitation (dont il était propriétaire) allaient faire place à un parking, à des immeubles à bureaux et à des appartements luxueux.

UNE VIE

Il naquit, vécut et mourut.

Et c'est là que ses ennuis commencèrent. Non seulement ne devait-il pas mourir à ce moment-là, mais qui plus est, sa naissance n'avait jamais été prévue.

C'est dire à quel point il fut mal reçu! Il était la faille dans un système infaillible, l'erreur qui empêchait le grand livre de la comptabilité céleste de balancer. Quelle pagaille son arrivée provoqua! Vérifications, rapport; revérifications, rapport; réunions d'urgence, rapport; consultations, rapport; commission d'enquête, rapport. Son cas atteignit les plus hautes instances.

Finalement, l'art de gouverner étant le même partout, on temporisa. À plus tard, la solution véritable et durable! Et c'est ainsi que ce pauvre homme, qui n'y était pour rien, eut à payer l'erreur d'un obscur fonctionnaire. On le retourna sur terre où il devrait rester jusqu'à nouvel ordre.

Il ressuscita, vécut, vécut, vécut...

AU MÊME MOMENT...

Le visage livide, un filet de sang figé à la commissure des lèvres. Ce même sang a empesé la chemise autour de deux trous à peine visibles. Il n'avait même pas vingt ans.

Le vieil homme vacille et d'une main prend appui au mur crépi. La chair de sa chair étendue inerte à ses pieds. La chaleur devient palpable dans le bourdonnement des mouches pour qui ce cadavre est un festin. Le vieillard voudrait sortir, mais il lui faut rester, regarder encore son fils. Son cadet. Le dernier à naître, le dernier à mourir. L'aîné, qui avait déjà femme et enfants, n'est pas revenu d'un raid l'an dernier. Il est mort au milieu des sables et des barbelés, entouré d'une cour de vautours affamés ou de soldats israéliens ravis.

Pourquoi la mort ne l'a-t-il pas pris lui, déjà vieux, plutôt que ses deux fils beaux, jeunes et forts?

C'est fini maintenant, tout espoir est vain. Depuis des années, il croyait que le temps arrangerait les choses et qu'ils pourraient tous retourner là-bas, dans la petite maison en bordure de ce champ ingrat qu'il fallait arroser de sueur afin qu'il produise. Cette maison avait vu la naissance des fils et des filles, la mort de la femme. Et on avait des voisins, des amis à cette époque; à présent, ils sont dispersés dans des camps de réfugiés ou morts dans cette guerre injuste.

Le vieillard se penche, chasse les mouches du visage de son fils, touche un peu cette joue déjà froide. Il se dit que tout est de sa faute. Avec le temps, il a perdu espoir, et pourtant il a cru à la puissance des armes. Avec quelle fierté a-t-il regardé ses fils partir avec les autres fedayins pour aller porter la guerre de l'autre côté! Combien de fois les a-t-il vus s'éloigner avec d'autres jeunes hommes dont plusieurs ne revenaient jamais, leur sang abreuvant la terre natale tant aimée, tant espérée, toujours inaccessible?

Tout est fini. Il ne retournera jamais là-bas. D'ailleurs, le pourrait-il que le voyage serait maintenant inutile. Plus personne à qui passer l'héritage. La petite maison blanche, que les Israéliens la gardent, qu'ils la démolissent, qu'ils la brûlent et qu'ils sèment des mines dans le champs à côté. Plus rien n'a d'importance.

Il sort en titubant sous le soleil ardent où danse la poussière. Plus d'espoir, plus de raison de vivre. Il se contentera de l'horizon bouché de ce camp de réfugiés, en souhaitant que la mort vienne vite le délivrer.

Au même moment, un obus tiré par des Libanais des milices chrétiennes arrive en sifflant. Sautent la cabane, le père, le cadavre de son fils et les mouches. Au même moment, à Jérusalem, une Juive pleure son mari mort dans l'attentat contre un autocar.

Au même moment, une fourmi tombe en gesticulant dans l'entonnoir de sable d'un fourmi-lion, tandis qu'une étoile s'éteint quelque part dans la galaxie M-51.

ROBERT*

Robert veillait devant la caverne où dormaient les trois familles du clan. Le feu s'alanguissait, l'homme aussi. Pour se tenir éveillé, il se mit à penser, la sagaie à la main. Il jetait de fréquents regards à la nuit environnante. Robert avait peur, même s'il était le plus fort de la troupe. Et il était le meilleur chasseur! Seulement, il n'aimait ni courir derrière le gibier, ni peiner pour rapporter la viande.

Et alors, dans la nuit bruyante où rôdaient l'hyène et l'ours des cavernes, il vint une idée au veilleur néanderthalien. Puisqu'il était le plus fort, il obligerait les autres à chasser pour lui. On le nourrirait; il n'aurait qu'à se laisser vivre et à penser. Sa force en ferait un homme craint. Et pour éviter qu'un jour un plus fort ne lui vole sa place, Robert ferait accroire aux autres qu'il savait des choses qu'eux ignoraient. À cause de ces connaissances, il serait le seul en mesure de diriger.

---

* Comme Klotz et Gourmelin (cf. *Les innommables*), je crois qu'il n'est pas plus absurde de nommer un Néanderthalien Robert que Arouk ou Grok.

Diriger! Robert se voyait déjà homme important et respecté, craint surtout. Et tant qu'à faire, pourquoi se contenter d'un peu de nourriture? Il prendrait pour lui tout le produit de la chasse; il donnerait une part de viande aux chasseurs pour les récompenser. S'ils en désiraient plus, ils devraient tailler les silex pour Robert, faire son tour de garde, lui coudre des vêtements.

Robert ne ferait rien et aurait tout; on l'envierait. Toutes les femmes seraient à lui. Et pourquoi ne pas avoir une caverne pour lui seul? Il pourrait la faire entretenir par les autres, la faire tapisser de peaux et de fourrures. Il y dormirait, y entreposerait les silex, les colliers, les armes et la nourriture, signes tangibles de sa supériorité. On viendrait l'y servir, alimenter le feu. Et pour protéger ses richesses et sa personne, il mettrait des gardes armés devant l'entrée de sa caverne.

Robert jeta des brindilles sur le feu. Dirigé par une seule volonté, son clan serait le plus fort. Il conquerrait les autres clans et bientôt Robert dirigerait une grande tribu. De nombreux chasseurs: plus de richesses encore. Il lui faudrait une caverne plus grande, une caverne plus belle. Il la ferait décorer de dessins. Robert se voyait déjà distribuant les tâches: des chasseurs, des cueilleurs de racines et de fruits, des ramasseurs de bois, des gratteurs de peaux, des couseurs de vêtements, des tailleurs de silex, des fabricants d'armes, des décorateurs de cavernes.

Sa tribu étant la plus puissante, Robert dominerait les autres tribus et bientôt il régnerait sur un grand pays. Beaucoup de serviteurs, beaucoup de richesses. Peut-être au début ses gardes devraient-ils utiliser la force afin qu'on obéisse à Robert, mais rapidement plus personne ne s'imaginerait qu'on peut se passer d'un chef. Il ne serait plus question qu'il soit en contact avec les autres. Afin de s'isoler, Robert aurait besoin d'intermédiaires: des ministres, des officiers et des sorciers.

Des sorciers, surtout! Pour que Robert soit craint et respecté, pour que son autorité ne soit jamais contestée, les sorciers inventeraient des histoires: Robert choisi par les dieux pour être chef, Robert lui-même dieu. Et les sorciers auraient des rites et des cérémonies pour entretenir la peur. En peu de temps, on croirait que ces histoires tout juste fabriquées sont des vérités connues depuis des temps immémoriaux.

D'un coup, il s'assombrit. S'il se dressait ailleurs un autre chef? Le beau rêve se troublait. Alors, Robert eut une autre idée. C'était vraiment une nuit propice! Si un autre chef faisait son apparition, Robert mènerait ses gardes, ses chasseurs, les femmes et même les enfants combattre le peuple de l'autre chef. Les sorciers raconteraient qu'on se bat pour une cause sacrée; ils pourraient même inventer une récompense éternelle.

Robert remporterait une autre victoire, à moins que le peuple de l'autre chef soit de force égale. Alors, les deux monarques s'installeraient à l'ombre et festoieraient en contemplant le spectacle. Et tandis que leurs gens se battraient, ils s'arrangeraient à l'amiable. Entre chefs, on trouve toujours moyen de s'arranger.

Le jour se leva, Robert aussi. Il jeta sa lance dans le brasier qui s'aviva. Il n'aurait plus besoin de cette arme; il n'aurait même pas besoin de sa force pour s'imposer aux autres et régner. Il avait l'idée.

M. THOUIN

Du jour qu'il les vit, M. Thouin ne put les oublier et ce qu'il redoutait par-dessus tout se produisit: sa vie fut bouleversée. Lui qui, fonctionnaire depuis vingt-six ans, s'était efforcé d'éviter les dérangements, fut dérangé. Lui qui n'avait jamais connu que de vagues désirs facilement satisfaits ou réprimés fut en proie à la passion. Posséder! Les avoir à lui, rien qu'à lui, afin de pouvoir les aimer à loisir. Il lutta un moment, mais retourna quand même les voir. Ensuite, il n'eut plus de répit; leur souvenir ne quittait pas son esprit d'une seconde, il pensait à elles même au travail. Il en perdit le sommeil! Pareil chambardement dans son quotidien...

De guerre lasse, il se décida. C'était le soir; il devrait attendre au lendemain, mais c'est tout de suite qu'il les voulait. Les heures s'étirèrent à n'en plus finir. Il essaya en vain de s'intéresser à un livre ou à la télévision et se coucha en espérant s'endormir rapidement. Peine perdue. Il les voyait dans toute leur beauté, inventait la douceur de leur peau et leur odeur, essayait d'imaginer ce que serait sa vie avec elles. Il lui semblait que plus rien ne serait comme avant.

Il appela au ministère le matin suivant pour prévenir qu'il était malade; sa première absence depuis cette grosse grippe, il y a neuf ans! Il retira de son compte en banque l'argent nécessaire, et soudain une crainte le saisit. Elles étaient uniques, sûrement; si elles étaient parties? Il regrettait d'avoir tant tergiversé. Il héla un taxi et se retint à la dernière seconde d'ordonner au chauffeur de faire vite. Son soulagement fut grand de les voir à la même place. Sveltes et racées, elles avaient fière allure. Il entra.

— Je veux les bottes rouges qui sont dans la vitrine.

— Je n'ai que celles-là. Je ne sais pas si la pointure…

— Pas d'importance, coupa M. Thouin.

Il ne reconnaissait pas sa voix et n'éprouvait pas cette timidité qui était sienne d'habitude quand il achetait les bottes qu'il collectionnait avec ferveur. Le vendeur n'eut pas l'air surpris et ne passa aucune remarque. M. Thouin paya sans sourciller l'équivalent d'une semaine de son traitement et se retrouva dehors, la boîte fortement pressée contre lui. De folles idées lui traversaient l'esprit. Une voiture le happait et il mourait sans avoir jamais eu l'occasion de toucher les bottes tant convoitées; un voyou le bousculait et s'enfuyait avec le paquet. Hâtant le pas, M. Thouin serra avec plus de force son trésor.

Enfin il fut chez lui. Il retarda le moment d'ouvrir le paquet et quand il se décida à briser la ficelle, ses doigts tremblaient d'émotion. Il posa délicatement les chaussures sur la table et retira ses mains avec précipitation. Il se sentait intimidé! Sa réaction le surprenait et il rit tout haut de lui-même, mais il ne leur toucha plus.

Il mangea à peine, sur le coin de la table, hésitant à déranger les bottes. Plutôt que de les contempler comme il en avait envie, c'est à peine s'il les regardait à la dérobée. Elles étaient superbes; la lumière jouait sur les courbes du cuir lustré; les hauts talons et la cambrure du pied leur donnaient un port altier. Les dizaines d'œillets où s'enfilaient les lacets faisaient autant de paires d'yeux qui dévisageaient M. Thouin.

Il se retira dans la pièce voisine et s'étendit sur le lit; il était mal à l'aise.

«Cette… présence dans la cuisine.»

Présence? Cette idée l'occupa un moment. Tout cela devenait ridicule. Ces bottes étaient belles, particulièrement belles peut-être, mais elles restaient des objets, comme toutes celles entassées dans le placard. Il allait se lever, les emporter dans le lit et les posséder. Ensuite elles seraient à lui, comme les autres. Il se leva, décidé.

«Vous allez rentrer dans le rang.»

Ses mains étaient incertaines en les soulevant, et il les porta à bout de bras, n'osant trop s'en approcher.

«Les prendre comme ça serait un… manque de respect.»

Il les installa donc sur la commode. Il resta tout l'après-midi à les regarder; elles, elles le dévisageaient de haut, d'une manière quasi désobligeante.

Trouvant l'atmosphère quelque peu malsaine, il alla souper à l'extérieur. Une serveuse s'approchait et tout à coup ses souliers blancs disparurent pour faire place aux bottes rouges. L'illusion ne dura qu'un moment mais fut tellement forte qu'il sembla à M. Thouin entendre le martellement des talons. Il paya et s'en fut.

Dehors, une passante venait, chaussée de bottes rouges; il regarda attentivement et le mirage disparut. Il avait entendu le même bruit de pas que dans le restaurant. Agacé, M. Thouin entra dans un cinéma. Comme il s'y attendait, les bottes parurent sur l'écran et il ressortit sans même s'être assis. Il rageait en prenant le chemin du retour. Combien de jours qu'il ne vivait plus qu'en fonction de ces chaussures? Il s'était même absenté du travail à cause d'elles! Dire qu'il avait toujours pris soin que ses bizarreries n'occupent que le temps qu'il voulait bien leur consacrer. Cette obsession n'avait que trop duré.

«Tuer le désir par la possession.»

Il était bien décidé. Quand il rentra, les innombrables yeux le regardèrent avec effroi. Effroi mais également mépris. Il supporta la confrontation sans fléchir.

«Je vais vous mater, moi.»

Il était tellement décidé qu'il installa sur les meubles d'autres paires de chaussures, comme spectateurs, afin d'ajouter à l'ignominie.

Il s'éveilla dans un lit aux draps défaits. Une des bottes était tombée par terre, l'autre à moitié cachée par un oreiller. C'est en se rasant qu'il vit les marques sur son corps; là une écorchure, ici une égratignure, ailleurs un bleu. En dormant, il s'était blessé sur les talons aux arêtes vives. Il était tard; M. Thouin ramassa toutes les chaussures et les empila pêle-mêle dans un coin de la chambre. Il rangerait ce soir; pour l'instant il n'avait que le temps de filer au bureau. Ce matin il était en grande forme, son esprit enfin libéré de cette stupide obsession. Il put travailler en paix.

Le soir, avant même de manger, M. Thouin fit du rangement; il avait le désordre en horreur. Il posa les bottes rouges sur un meuble, bien en évidence. Elles n'iraient pas tout de suite rejoindre les autres dans le placard.

«Elles n'ont plus le même regard.»

Elles semblaient moins hautaines, moins intransigeantes. Domptées. Il les embrassa avec douceur.

Le lendemain, au réveil, il eut un choc. Les bottes étaient dans son lit! Pourtant il se rappelait bien que la veille elles trônaient sur la commode; même qu'il les avait regardées un moment avant d'éteindre.

— Dis-moi pas que je suis somnambule.

Il avait parlé tout haut et c'était bon d'entendre une voix, même la sienne. Il repoussa la botte qui était blottie contre lui.

«Elle a des yeux amoureux.»

Il se leva et alla les mettre dans le placard, les jeta plutôt au fond. Il était maussade. L'idée qu'il pouvait se lever la nuit et agir dans un état second lui déplaisait, l'angoissait surtout. Il se dit qu'il n'aurait jamais dû acquérir ces bottes. Maintenant qu'il les avait, il allait les reléguer dans un coin inaccessible et essayer d'oublier jusqu'à leur existence.

Au milieu de la nuit suivante, des coups frappés à la porte l'éveillèrent. Il se leva en maugréant mais devint muet de stupeur: les coups venaient du placard! Il fit de la lumière et le bruit cessa. Il avait peut-être rêvé? Ou encore, les sons venaient d'un appartement voisin. Après bien des hésitations, il s'approcha de la porte du placard. Une pensée lui venait qu'il repoussait avec dégoût: les bottes. C'était trop absurde.

Plein d'appréhension, il colla son oreille au bois de la porte. Rien, naturellement. Il avait rêvé. Un cauchemar. Il retourna donc se coucher, sans toutefois éteindre. Il faisait des efforts pour s'endormir, craignant que le bruit recommence; alors, l'explication du mauvais rêve ne tiendrait plus. Le sommeil ne vint que peu avant l'aube. M. Thouin s'éveilla quand même à l'heure habituelle. Un cri d'horreur accompagna la sonnerie du réveille-matin. Les bottes étaient dans le lit!

Il se précipita dans la cuisine, avala un verre d'eau et essaya de se calmer. Une phrase lui revenait sans cesse à l'esprit.

«Elles ont réussi à ouvrir la porte du placard. Elles ont réussi à ouvrir la porte du placard.»

Il ne parvint qu'à moitié à se convaincre qu'il avait eu une attaque de somnambulisme. Finalement, il trouva le courage nécessaire pour retourner dans la chambre. Les bottes étaient bien sur le lit, inertes comme des choses ordinaires. Mais il ne resta que le temps de récupérer ses vêtements, s'habilla hâtivement dans l'autre pièce et s'en fut au restaurant.

Au bureau on s'étonna sans le lui dire de son aspect négligé. Tout le jour il repensa à cette nuit affreuse, revécut surtout le moment du réveil, cherchant une explication rationnelle. Il était distrait et pour la première fois se fit réprimander par le chef de bureau, au plus grand plaisir de ses compagnons de travail. Dans l'après-midi on le demanda au téléphone. Il n'y eut pas de réponse aux «Allô? Allô?». Aucune voix, rien qu'un martellement de talons.

M. Thouin raccrocha. Tout chavirait autour de lui. Il tentait de rationaliser, de se dire que quelqu'un avait percé son secret et lui montait une sinistre farce. Mais non. Le bruit qu'il avait entendu au téléphone était celui des talons des bottes rouges, un bruit que, jusque-là, il n'avait qu'imaginé. Personne ne pouvait en connaître le rythme et la tonalité si caractéristiques. Il se leva et quitta le bureau sans rien dire, en oubliant même sa serviette.

Il erra un bon moment, puis il eut une idée saugrenue. Avisant une cabine téléphonique il composa son propre numéro. La sonnerie retentit quatre fois et, alors qu'il allait déposer le récepteur, on décrocha.

— Qui est là? demanda M. Thouin d'une voix brisée.

Pas de réponse, sinon le martellement des talons. Livide, le cœur battant la chamade, M. Thouin trouva la force de poursuivre.

tion. La boîte était par terre, prête à recevoir les choses. Il les enferma et attacha le couvercle. Elles gigotaient encore, mais, à l'étroit, ne pouvaient prendre assez d'élan pour briser le carton.

M. Thouin se rendait compte qu'il était sain d'esprit et cette constatation ne faisait qu'ajouter à l'horreur. Il avait affaire à des choses vivantes, des choses qui l'avaient aimé et maintenant le détestaient. Absurde, mais pourtant vrai. Il ne cherchait pas à expliquer ou à comprendre; c'était plutôt le temps d'agir. Il suffisait d'admettre l'impossible et la solution s'imposait d'elle-même.

«Pour se débarrasser d'un vivant, on le tue.»

Il s'en fut, le paquet sous le bras. Les choses ne cessaient de remuer à l'intérieur du carton. Il marcha jusqu'au pont et entreprit de le traverser en dépit de son vertige. Plus bas, beaucoup plus bas, coulait le fleuve. Au milieu du pont, malgré la voix de femme qu'il entendait distinctement dans sa tête, malgré ses supplications, il lâcha le paquet dans le vide. La boîte tomba en tournoyant; les ficelles se rompirent et le couvercle sauta, plana. La boîte se renversa, l'air en freina la chute; le vent la déporta. Les bottes tombèrent lourdement côte à côte et disparurent dans un remous. Elles ne refirent pas surface.

Libéré du cauchemar, M. Thouin se sentait rajeuni. Il trouverait une explication pour justifier son absence du travail et tout redeviendrait comme avant. Les bottes rouges, il n'y repenserait plus dans quelque temps. Dans un mois il rirait de l'aventure, certain d'avoir rêvé. Déjà il commençait à douter de sa mémoire. Il était presque parvenu au bout du pont quand il entendit un pas derrière lui. Il se retourna d'un bloc: le trottoir était vide.

«C'est dans ta tête, mon vieux. Prends une grande respiration. Calme-toi.»

Il continua comme si de rien n'était, mais le pas faisait écho au sien. Le martellement si caractéristique des talons des bottes rouges! Peu à peu son assurance s'effrita. Alors qu'il longeait une rue sombre il prit peur et se mit à courir. Le bruit resta attaché à lui comme une ombre. Il entendait en lui des reproches; la même voix de femme que celle entendue sur le pont, avant...

«Tu nous as tuées! Tu nous as tuées!»

Il fallait leur échapper. Il plongea dans une ruelle et galopa à toute allure malgré ses poumons douloureux. Il avait réussi! Plus de sons à sa poursuite. Il allait déboucher dans une rue éclairée et pourrait regagner son domicile après quelques détours prudents. Soudain il les vit, formes fantomatiques dans la pénombre, brume roussâtre dans la grisaille. Elles bloquaient la sortie. Il se figea. Horreur! Elles avaient au moins trois mètres de haut. La bouche ouverte, il demeura pantelant, incapable de réagir. Une des bottes, son fantôme plutôt, tapait nerveusement sa pointe sur le béton.

«Meurtrier. Meurtrier. Tu es condamné. Nous allons t'écraser.»

Parcourir la ruelle en sens inverse? Elles le rejoindraient en un rien de temps. M. Thouin eut peur, peur, peur. Il allait mourir dans l'ombre comme un rat. Sans réfléchir, il sauta une clôture, se retrouva dans une cour qui, par bonheur, donnait sur une rue voisine. Il avait fait preuve d'une agilité qui le surprenait. La lumière! Se tenir près d'elle. Il marcha (il ne pouvait plus courir) en louvoyant pour profiter des grandes flaques de lumière sous les lampadaires. Le bruit des bottes rouges le rejoignit comme il atteignait une artère importante tout illuminée de néons.

L'éternel solitaire cherchait maintenant la présence des autres, s'attardait près d'un groupe qui discutait au coin d'une rue, se mêlait aux gens qui sortaient d'un cinéma, les suivait discrètement. Tant qu'il serait en compagnie d'autres humains, dans la lumière, les bottes ne pourraient rien contre lui. Il n'y avait que ce bruit de pas derrière lui, un bruit que lui seul semblait entendre.

Les trottoirs se vidèrent progressivement. M. Thouin fit alors le tour des bars et, quand ils fermèrent, alla de restaurant en restaurant. Le matin viendrait et avec lui le repos. S'il pouvait tenir jusque-là, il serait sauvé. Le bruit de pas le talonnait et l'homme s'y habituait jusqu'à ne plus lui prêter attention. Les silhouettes des bottes apparaissaient tantôt dans une allée charretière, tantôt dans un portique sombre. M. Thouin fuyait alors en détournant la tête.

Le jour se fit. Plus d'apparitions et le martellement des talons diminua d'intensité. Déjà les gens étaient plus nombreux: travailleurs revenant de l'usine ou se rendant à l'atelier. Il pouvait rentrer.

Ils étaient plusieurs à l'arrêt, à attendre l'autobus avec M. Thouin. Il avait hâte d'être chez lui et de dormir. Encore une fois le bruit se fit entendre. En plein jour! Avec plus de netteté que jamais. Il n'y aurait donc pas de répit? Le bruit se rapprochait: une femme sortait de la station de métro chaussée de bottes. Des bottes rouges en tout point semblables à celles que M. Thouin avait jetées dans le fleuve. Il s'appuya au mur, ferma les yeux. Malgré l'air frisquet il transpirait.

«Rien qu'une coïncidence. Un incroyable et malheureux hasard. Un hasard.»

Mais ce bruit si caractéristique?

La femme prit place dans la file d'attente et s'occupa à lire une revue. M. Thouin ne pouvait que regarder ces bottes si réelles sans penser à rien. À moins que ses pensées se bousculent si vite qu'il n'en perçoive aucune. Tout à coup, l'une des bottes se mit à taper sur le sol comme il l'avait vu faire par l'apparition dans la ruelle. Les deux chaussures le lorgnaient, leurs yeux pleins de haine et de morgue.

«Nous t'avons retrouvé. Meurtrier!»

La même voix, les mêmes bottes. Le décor se mit à tournoyer et M. Thouin, qui avait résisté toute la nuit à l'épouvante, y sombra d'un coup. En hurlant, il se précipita sur la femme, la terrassa et l'étrangla. Elle avait des yeux agrandis qui tournèrent; le râle se tut en même temps que les bottes cessèrent de se débattre. M. Thouin ricanait. Les témoins n'avaient pas pu les séparer à temps. Le femme était morte et l'homme, soudainement calme, hébété presque, attendit sans bouger que la police le cueille.

Il n'y avait rien à comprendre à ce meurtre. Aucun mobile; l'assassin ne connaissait pas la victime et l'enquête établit qu'il avait un passé exemplaire. Des compagnons de travail indiquèrent cependant que M. Thouin semblait changé depuis quelques jours. On pensa à la folie, surtout que l'assassin n'avait aucune explication à fournir. Le juge référa le présumé coupable à des psychiatres. M. Thouin, espérant quelque compréhension et confiant que ces professionnels pourraient lui fournir des éclaircissements ou le rassurer grâce à un mot latin compliqué, leur raconta sa mésaventure. Ils furent unanimes, et M. Thouin, déclaré inapte à subir son procès, fut interné.

Le patient cessa rapidement de clamer qu'il n'était pas fou et se laissa vivre. Il était logé, nourri et entretenu.

Sa vie se déroulait enfin sans heurt et sans imprévu. Il était un pensionnaire exemplaire, respectueux du règlement, calme et serviable. Il était… heureux. Comme on devait le soigner et qu'il lui fallait parler durant ces longues séances, M. Thouin s'amusa à retracer l'origine de son fétichisme. Le psychiatre le considérait avec respect, amitié presque.

Mais la rémission fut de courte durée. Il y eut d'abord des bruits de pas entendus la nuit. M. Thouin en perdit le sommeil et quand, après bien des hésitations, il en parla à son médecin, celui-ci prescrivit des calmants. Abruti, le patient s'enfonçait chaque nuit dans une espèce de coma. Cependant, le bruit se manifesta durant la journée, suivant M. Thouin à la promenade, le poursuivant dans les couloirs de l'hôpital.

Il se transforma vite en un être irascible aux réactions imprévisibles. Il eut des crises, des hallucinations; il se plaignit d'entendre des voix. Puis ce furent des apparitions. Malgré les médicaments, il hurlait la nuit. Il manifesta aussi des tendances à l'autodestruction: le matin, on le retrouvait couvert d'ecchymoses et de plaies. Un beau cas! On attacha le malade à son lit chaque soir.

Le psychiatre ne sait trop que penser; les phantasmes de cet homme semblaient si vrais, il était tellement convaincant en demandant de l'aide. Ces bruits de pas que des employés ont déclaré entendre la nuit? Ces empreintes relevées dans la cour sous la fenêtre de la chambre de M. Thouin? Et surtout la mort de l'homme, retrouvé les os broyés, encore attaché à son lit dont le sommier de fer était tordu? Ce M. Thouin, écrasé comme une bestiole qu'on aplatit du bout du pied?

COMPTINE POUR
UNE FIN DE SIÈCLE

Liberté! Liberté!
Ils vont à pas cadencés
Leurs fusils sont armés

Liberté! Liberté!
L'artilleur a pointé son mortier
On entend la rumeur des blindés

Liberté! Liberté!
En avant! hurlent les officiers
Les F-16, les Mig vont s'affronter

Liberté! Liberté!
Ce sont nous les justiciers
Le bon droit est de notre côté

Liberté! Liberté!
L'ennemi est en vue, va tirer
On entend ses bataillons scander:

Liberté! Liberté!

L'idée tue!

Épilogue

L'air goûtait sucré sur le charnier
Les oiseaux vidangeurs surveillaient les victuailles
Les observateurs comptaient les victimes,
Blancs, Noirs, Jaunes,
Morts pour la Liberté.
On emmenait les survivants
Fers aux pieds.

Derrière son masque de jolie femme
Et sa poitrine postiche dénudée,
Jouant les «Liberté» à la Delacroix,
La mort se marrait.

ASCENSION ET CHUTE
DE JEAN-BAPTISTE

Contre toute probabilité, Jean-Baptiste gagna le gros lot d'un million de dollars à la loterie. Comme chaque fois, le tirage était télévisé et, comme chaque fois également, Jean-Baptiste suivait l'événement, ses billets étalés devant lui.

Quand il comprit qu'il gagnait, il se mit à trembler comme un fiévreux, incapable de prononcer un seul mot. Sa femme le secoua, craignant qu'il n'ait subi une attaque cardiaque. Il balbutiait des mots imcompréhensibles, hoquetait des phrases incohérentes en montrant ses billets. Elle devina, devint muette, et se laissa choir dans un fauteuil.

Ensuite, ils s'enfermèrent dans leur chambre à coucher. La femme bégayait:

— Ça s'peut pas. Ça s'peut pas. Ça s'peut pas.

Rien d'autre. Jean-Baptiste s'était, quant à lui, jeté tout habillé sur le lit; la main crispée sur son billet, il regardait fixement le plafond en marmonant:

— Millionnaire. Millionnaire. Millionnaire.

Il fut incapable de dormir. Il s'imaginait qu'on allait lui voler le billet gagnant, que ce billet brûlait dans l'incendie de la maison, qu'une souris le grignotait durant la nuit. Et Jean-Baptiste se demanda s'il n'avait pas fait une erreur. C'était vraiment son numéro qui était sorti? Il faudrait attendre au matin pour vérifier dans les journaux. Jean-Baptiste se releva en sueur et s'assit dans la cuisine. Sa femme vint le rejoindre.

— Qu'est-ce qu'on va faire, Baptiste? Qu'est-ce qu'on va faire?

— Rien. Pas en parler. Pas le dire. On est pas certain. Pis on pourrait se faire voler. Pas un mot à personne, même pas aux enfants, avant que l'argent soit à la banque.

Épuisée par l'excitation, la femme retourna bientôt se coucher. Jean-Baptiste resta seul à veiller. Dans son énormité l'événement le laissait hébété. Un million de dollars! Lui qui n'avait jamais eu deux cents dollars en banque! Il essayait de se représenter ce que signifiait un million de dollars. N'y parvenant pas, il prit du papier à lettres et durant des heures, il traça des chiffres 1; des milliers de signes proprement alignés, séparés les uns des autres par des tirets. Des dizaines de milliers, des centaines de milliers et, enfin, un million de chiffres 1. Un million!

Il avait fallu à Jean-Baptiste réquisitionner tout ce qu'il y avait de papier dans la maison: les cahiers d'école des enfants, les pages blanches à la fin de l'annuaire téléphonique, l'envers des feuilles du calendrier, le papier d'emballage qui restait de Noël et les sacs d'épicerie qu'il découpa en feuillets. Il y avait 833 pages pleines, plus une dernière qui comptait 400 signes.

Jean-Baptiste comprenait maintenant qu'il s'agissait de beaucoup d'argent. Il estima qu'en billets de un dol-

lar, la pile avait plus de 600 pieds de haut. Il était riche!
Il avait quarante-cinq ans; il calcula que s'il vivait jusqu'à
quatre-vingt-dix ans, il pourrait dépenser 22 222 dollars
par année. Trois fois son revenu actuel. Et... s'il mettait
l'argent en banque, on lui verserait des intérêts. Dix pour
cent? Cent mille dollars par année! Sans même entamer
le capital.

Comme le matin venait, Jean-Baptiste se traîna
jusqu'à son lit. Sa tête était lourde et des chiffres tour-
noyaient dans son esprit. Il dormit peu et mal, le billet
gagnant tenu dans sa main crispée. En grand secret, Jean-
Baptiste se rendit aux bureaux de la régie des loteries.
On voulut le photographier, publier son nom; il refusa.
Sa femme l'attendait dehors dans un taxi. On se précipita
ensuite à la banque.

Du coup, la vie de Jean-Baptiste fut transformée. Il
était devenu quelqu'un d'autre. Quelle fête on lui fit à la
banque! Lui qui devait toujours faire la queue devant les
guichets et subir l'humeur changeante d'une caissière, il
fut servi par le directeur en personne. Et on lui donnait
du «monsieur», gros comme le bras. Jean-Baptiste ne se
sentit rassuré que lorsqu'on lui remit un reçu attestant le
dépôt du chèque d'un million de dollars. Jean-Baptiste
retourna chez lui millionnaire. Il avait en banque un million six dollars et vingt-trois sous.

Sa femme avait échafaudé des projets, déjà dressé des
listes de biens essentiels à acquérir: des vêtements pour
les enfants, un complet pour Jean-Baptiste, un manteau
neuf pour elle et un nouveau réfrigérateur. Il y en avait
au moins pour 2 500 dollars. Jean-Baptiste se dit que s'il
faisait pareille dépense il ne lui resterait que 997 506 dollars et 23 sous. Beaucoup d'argent encore, mais il ne serait
plus millionnaire. C'est ce qu'il expliqua à sa femme.

Quand elle insista, (oh, bien peu!) il se mit en colère. Il voulait demeurer millionnaire!

De toute façon, il avait placé l'argent pour trois mois à treize et trois quart pour cent. Dans trois mois, il toucherait 34 375 dollars d'intérêt. Alors, il achèterait des vêtements neufs, un réfrigérateur et même une voiture. Entre-temps, on vivrait de l'assistance sociale et de ce qu'il gagnait en faisant la livraison à bicyclette pour l'épicerie voisine. Cette période leur permettrait de réfléchir et leur éviterait de dépenser sur un coup de tête.

Et Jean-Baptiste, le millionnaire, continua à livrer des commandes en triporteur. Sa femme, une femme de millionnaire, usa encore plus le manteau vieux déjà de sept ans; les enfants portèrent encore leurs vêtements propres mais rapiécés. Jean-Baptiste mettait ce délai à profit; il raisonnait cette peur qu'il avait de dépenser.

Quand les trois mois furent écoulés, Jean-Baptiste savait quoi faire. Il ne dépenserait pas, il investirait. Des centaines de personnes lui avaient prodigué des conseils, des dizaines de courtiers lui avaient proposé de bonnes affaires. Jean-Baptiste avait surtout beaucoup lu sur l'art de faire fructifier l'argent et il pouvait réciter les cours de la Bourse comme d'autres les tables de multiplication. Il avait son idée arrêtée et ne se laisserait pas influencer par les soi-disant experts qui n'avaient pas réussi à s'enrichir malgré leurs méthodes ou leurs tuyaux infaillibles.

Tout se fit très vite. Jean-Baptiste acheta une maison de 125 000 dollars dans un beau quartier, la meubla pour 23 817 dollars et s'offrit une voiture de 12 750 dollars. On emménagea dans la nouvelle demeure par un beau samedi. Rien ne restait derrière: les anciens meubles empliraient la salle de jeux située au sous-sol; la vieille Chevrolet occuperait le fond du garage. Elle pourrait être utile en cas de panne de la nouvelle acquisition. Ce qui fit mal au cœur de Jean-Baptiste fut de devoir payer la location de son ancien logement jusqu'à la fin du bail: six mois à 75 dollars. De l'argent jeté par les fenêtres! Une dépense, pas un investissement; même pas de biens meubles en retour. Cela faillit gâcher la joie qu'avait Jean-Baptiste à devenir propriétaire.

La vie dans le nouveau quartier n'apporta pas beaucoup de changements aux habitudes de la famille. On mangeait les mêmes aliments: la mère cuisinait beaucoup et courait encore les soldes. Les enfants avaient insisté pour ne pas changer d'école et voyageaient soir et matin en autobus. Quant à Jean-Baptiste, il occupait une grande partie de son temps à répondre aux démarcheurs qui venaient le solliciter, chacun proposant l'objet indispensable ou l'affaire du siècle. Oh! Jean-Baptiste ne se laissait pas avoir! Il n'avait pas l'intention d'acheter quoi que ce soit ou de s'associer avec des inventeurs géniaux mais démunis ou avec des hommes d'affaires en mal de capitaux.

Mais il plaisait à Jean-Baptiste de recevoir ces gens, de les écouter en semblant intéressé pour finalement leur dire un non très poli. On venait à lui, il était un homme important. Cependant, la femme de Jean-Baptiste le prenait autrement. Elle devait répondre à d'innombrables coups de téléphone, ouvrir la porte à quantité de gens pour les voir ensuite souiller ses planchers, s'écraser dans les beaux fauteuils du salon, salir les cendriers et enfumer les draperies en attendant que Jean-Baptiste les reçoive. Elle demanda donc à son mari de s'ouvrir un bureau ailleurs.

L'idée plut grandement à Jean-Baptiste. Surtout qu'il souffrait chaque matin de voir ses voisins partir vers le bureau, l'attaché-case à la main. Ils avaient l'air de gens

affairés alors que lui restait à la maison comme un retraité
ou un paresseux. Cela n'était pas bon pour son statut
social. Il prit donc un bureau à la Place des Affaires
(19 000 dollars par année et il fallait payer trois ans
d'avance), le meubla au coût de 8 153 dollars et engagea
une secrétaire (350 dollars par semaine). Il se fit imprimer du papier avec entête et des cartes de visite.

Chaque jour, Jean-Baptiste se rendait au travail
comme ses voisins; il était un homme d'affaires; mieux
encore, un professionnel de l'investissement. Et il inves-
tissait! Autant sa peur de dépenser inutilement était
grande, autant son besoin d'investir était infini. Il inves-
tissait d'une manière compulsive. Et il découvrait avec
ravissement que l'argent attire l'argent et que pour des
sommes supérieures au million, l'arithmétique conven-
tionnelle n'a plus cours.

Ainsi, il avait consacré 230 000 dollars à l'achat de
la maison et à la location du bureau, investi 450 000 dollars dans l'or, 800 000 dollars dans des titres de sociétés
minières et 500 000 dollars dans des titres industriels. Tout
ça avec seulement un million! Il devait bien un million
à la banque, mais cet emprunt était largement couvert par
les valeurs mobilières acquises. Le marché était bon et
Jean-Baptiste hypothéqua sa maison pour acheter des titres
de sociétés pétrolières. Il se découvrait un flair pour trouver la bonne affaire; son avoir grossissait de semaine en
semaine. Le moment où il deviendrait multimillionnaire
n'était plus très loin.

À cette époque, une série d'événements vinrent trou-
bler le monde de la finance. Il y eut d'abord des mesures
radicales d'imposition décidées par le gouvernement cana-
dien à l'égard des compagnies pétrolières; puis, le gouvernement américain mit de l'avant des mesures fiscales

qui firent chuter le cours de l'or. Jean-Baptiste vendit en catastrophe, perdant plus d'un quart de million de dollars. Il se consola en se disant qu'il aurait récupéré ses pertes en moins d'un mois. Cependant, une semaine plus tard, il y eut un accrochage entre un navire américain et un bâtiment soviétique dans le golfe Persique. Les milieux boursiers furent pris de panique, les courtiers de fièvre; les cours s'effondraient. Des journalistes, comme d'habitude sautant trop vite aux conclusions, parlaient de krach.

Mal préparé à une telle situation, Jean-Baptiste vendit quand il n'aurait pas fallu. Il perdit ainsi un demi-million de dollars. Et la banque réclamait le remboursement d'une partie de l'emprunt. L'or faisait un bond prodigieux et Jean-Baptiste en acheta, espérant se renflouer rapidement. La guerre froide s'installait entre les super-puissances et, en une semaine, les menaces de conflit armé relançaient les industries d'armement et, par ricochet, les sociétés minières. Les cours reprenaient du poil de la bête, le dollar se redressait et l'or chutait. Jean-Baptiste perdit cette fois un quart de million de dollars.

Ces trois semaines, mouvementées pour certains, furent désastreuses pour Jean-Baptiste. Quand il fit le bilan, il s'aperçut qu'en liquidant ses titres et ses biens (y compris la belle maison), il parvenait tout juste à rembourser les emprunts. Il avait perdu son million en transactions malheureuses, d'autres s'enrichissant à ses dépens. Cependant, il avait au moins la consolation de ne pas avoir dépensé son argent en futilités.

Le dénouement ne fut pas tragique. Les vieux meubles retrouvèrent le logement de la rue de Lorimier; la vieille Chevrolet, sa place habituelle le long du trottoir. Le loyer était payé pour deux mois encore! Autre chance,

Jean-Baptiste obtint à nouveau l'aide de l'assistance sociale et il reprit sa place de livreur à l'épicerie du coin.

Tout redevenait normal et Jean-Baptiste n'était pas malheureux. Ces trois mois en tant que millionnaire et investisseur avaient été de merveilleuses vacances qui permettaient maintenant de mieux apprécier la routine. Il avait de belles histoires à raconter aux voisins et, pour en prouver la véracité, il distribuait sa carte de visite au lettrage doré: «Jean-Baptiste Tremblay, investisseur».

AGONIE

Il sait bien qu'il va mourir. C'était une question de jours, puis d'heures; c'est maintenant l'affaire de quelques minutes. Ces choses-là, on les sent dans sa chair; personne ne peut vous leurrer.

Il respire avec de plus en plus de difficulté et chaque battement du cœur est plus douloureux que le précédent. Jamais il n'a été aussi conscient de la vie de son corps. Juste comme il va le quitter. Il ferme les yeux, voudrait pleurer, n'y arrive pas. Le cerveau est de plus en plus isolé des autres organes; les muscles ne répondent plus aux ordres. Mourir! Mourir... Il a peur, songe à crier, à lutter, mais il est impuissant. Même les deux médecins à son chevet ne peuvent rien.

Ce n'est pas la vie qui le fuit, mais lui qui s'échappe de la vie. Elle va continuer sans lui. Il s'en va. C'est comme s'il était au bord d'un entonnoir qui mène à un puits: des parois lisses, rien à quoi se raccrocher et la vitesse de sa glissade s'accélère. Tantôt ce sera la chute vertigineuse dans le puits... peut-être sans fond. C'est tout ce qu'il a, la vie, et il va la perdre pour l'inconnu. La fin. Sa fin.

Il cherche à se rappeler les événements de sa vie, mais ne lui viennent que des souvenirs de sensations, des souvenirs détachés de tout contexte: le vent du sud sur la peau au printemps, l'odeur de la pluie sur une allée poussiéreuse, l'eau de mer qui annihile la pesanteur, la rondeur d'une pomme dans la main et le goût de la première bouchée. C'est tout ce qu'il lui reste de sa vie, des sensations, et ce fut sans doute le plus important. Oh! comme il aurait dû en profiter! Trop tard. Le monde va continuer sans lui, pourtant la personne la plus importante, et plus jamais il ne sera au milieu des choses. Est-ce qu'on se souviendra de lui longtemps?

La glissade s'accélère. Que ça finisse au plus vite! Cette angoisse, cette angoisse!

Les médecins lui font une injection. Il regarde le tout avec détachement, ne sent même pas l'aiguille. Son corps n'existe plus. Ces deux médecins qui l'observent sans vergogne, qu'ils partent puisqu'ils ne peuvent rien.

La respiration s'emballe, le cœur frémit. Il a peur. Il va tomber dans ce gouffre qui se rapproche. Il gesticule pour s'agripper ou du moins il essaie, mais ses bras restent immobiles. Impossible même de bouger les doigts. Le corps est devenu prison. Prison chérie. Il accepterait de rester ainsi, paralysé pour l'éternité, plutôt que de chuter dans le puits tout proche.

Il s'est énervé; il se force maintenant au calme. Il y a certainement quelque chose au fond du puits. C'est peut-être un tunnel, un tunnel avec de la lumière à l'extrémité, un tunnel débouchant dans un autre monde. La mort: une autre naissance? Qu'était-il avant de vivre? Il se souvient d'avoir lu déjà que le fœtus croyait mourir au moment de la naissance, puisqu'il était expulsé de l'unique univers qu'il connaissait. C'est ça! Il est un fœtus qui va naître.

Lui vient à l'esprit l'odeur d'une rose. Il respire profondément. Au même moment, il devine une lumière au fond du puits. Tout n'est pas fini! Et cette lumière allume un écho dans son cerveau. Il est éternel! Il existe depuis toujours, mais sa mémoire ne peut remonter si loin. La mer originelle; les premières molécules organiques du précambrien. Il n'est pas un être unique né en 1932! Il est multiple et il s'est constitué au cours de millions d'années. Il était ces molécules qui se sont regroupées en cellules; il était ces unicellulaires qui se sont organisés en colonies; il était ces invertébrés qui sont devenus poissons; il était ces premiers quadrupèdes à conquérir la terre. Tout au long de l'évolution, par des millions de morts successives, des vies de plus en plus compliquées convergeaient, se fusionnaient, et l'intelligence se concentrait, jusqu'à le former, lui, un assemblage de milliards de cellules dont chacune est un être vivant.

Et tout ça va mourir? Oui, comme tout ça l'a fait des millions de fois déjà. Lui-même va passer à un ordre supérieur de la vie, un ordre ou un état qu'il ne peut encore concevoir. Il va devenir cellule d'un corps encore plus grand. Des millions d'hommes qui meurent pour se regrouper et former un individu supérieur, d'une autre essence. L'intelligence qui continue à se concentrer. Et chaque homme, tout en restant individuel et unique, sera ce nouvel individu, comme les cellules du corps humain sont l'homme même si chacune garde son identité propre.

Son nouveau corps sera peut-être une galaxie; il sera l'intelligence dirigeant toute cette matière et toute cette énergie. La terre sera l'une de ses cellules et il n'aura pas conscience de la bonté et de la mesquinerie des hommes, comme aujourd'hui il ne sent pas que dans son corps d'homme des leucocytes dévorent d'autres cellules. Peut-être même qu'il y aura ensuite une autre ou des autres morts avant qu'il ne fasse partie de la conscience dirigeant l'univers. Tout est possible. Qu'est-ce qu'un neurone sait des sentiments humains, de la vie et de la mort?

Il n'a plus peur. Il n'aura plus jamais peur. Tout ce qu'il espère, c'est de ne pas oublier ce qu'il connaît de la mort lorsqu'il naîtra ailleurs, tantôt. Vivement le plongeon dans le tunnel! Au bout de ce vagin: la vie. Une vie plus grande encore, des sensations et des sentiments inimaginables. Ça y est, il tombe, la lumière arrive à grande vitesse.

Le pouls a cessé de battre. Les médecins ferment les yeux du cadavre et partent.

— Je ne sais pas quelles sont leurs pensées, mais ça doit être merveilleux. Ils ont tous ce visage extasié.

— Cet euphorisant que nous lui avons injecté est sans doute la plus grande découverte médicale des dernières années.

— De tous les temps, mon cher. De tous les temps!

GASPILLAGE

— Vous ne savez pas que l'usage des lave-vaisselle est interdit depuis six ans?

La voix domina le bruit de la machine qui en était au cycle de rinçage. Une lumière aveuglante balayait les visages aux yeux épouvantés. On alluma le plafonnier. Une dizaine d'inspecteurs armés et casqués contemplaient les Savard d'un air triomphant. La mère serra contre elle ses deux plus jeunes; l'aîné baissa la tête comme son père. Il n'y avait rien à dire.

— Vous le savez fort bien, tonna l'inspecteur en chef, tout en arrachant d'un geste brusque la fiche de la prise de courant.

Il se tourna vers la famille, mit les mains aux hanches, fit claquer ses talons et sourit largement. Il laissa le silence s'éterniser afin de pouvoir à loisir broyer les coupables du regard. Lorsqu'il les jugea à point:

— Vous connaissez fort bien l'interdiction. Le fait que vous procédiez de nuit et dans l'obscurité à cet acte abject de gaspillage le prouve bien.

Il sourit à ses hommes qui lui rendirent le sourire.

— Bon travail, les gars! Des gaspilleurs neutralisés.

À un geste qu'il fit, deux hommes s'approchèrent de l'appareil électro-ménager, en ouvrirent la porte et le renversèrent, vidant par terre l'eau, la vaisselle et les couverts. Ils débranchèrent la tuyauterie tandis qu'un autre homme apportait des courroies. Tous les trois repartirent en emportant le lave-vaisselle. L'inspecteur souriait toujours en dévisageant les coupables. Un moment, la mère espéra qu'ils se contenteraient de confisquer l'appareil, mais les yeux haineux de l'inspecteur en chef lui firent comprendre qu'il n'en serait pas ainsi.

La femme allait parler, supplier, promettre. Elle n'eut pas le temps d'ouvrir la bouche. À un signe de leur chef, deux gardes dégainaient leur pistolet et empoignaient le père. Les canons dans les côtes, il ne résista pas lorsque les hommes l'entraînèrent vers la sortie.

— Vous ne pouvez...

L'aîné n'eut pas le temps de terminer sa protestation. Une gifle l'envoya rouler par terre au milieu de la vaisselle brisée. La mère serra encore plus fort contre elle ses deux jeunes enfants qui pleuraient. Elle eut, quant à elle, le courage de retenir ses larmes, mais ses yeux étaient pleins de détresse. Un garde lui remit quatre brassards noirs marqués du G de l'infamie.

— Vous devez les porter en permanence et, surtout, ne jamais sortir de votre demeure sans eux. Un seul manquement à cette règle vous coûterait très, très cher.

Les inspecteurs repartirent sans même fermer la porte d'entrée dont ils avaient forcé la serrure. Quand leur fourgon eut tourné le coin de la rue, l'aîné osa aller jusqu'à la porte. C'est alors qu'il remarqua avec stupeur l'énorme G qu'on y avait barbouillé à la peinture phosphorescente. C'était un comble! Mais le garçon se garda bien d'essayer de l'effacer.

Dès le jour suivant, il y eut un véritable défilé de badauds dans cette rue si tranquille d'habitude. Ils montraient la maison du doigt, s'arrêtaient un moment sur le trottoir pour regarder le G, puis repartaient par petits groupes, en spéculant sur l'événement, ses causes et ses conséquences. Aucun membre de la famille Savard ne mit le nez dehors ce jour-là. Mais ensuite, il fallut bien continuer à vivre et, pour cela, retourner à l'école, aller à l'épicerie, faire la queue pour les tickets nécessaires à tout achat. Il fallait surtout obtenir des nouvelles du père. On n'allait certainement pas le garder plus qu'un jour ou deux.

Cependant, la mère n'obtint pas de réponse à ses nombreuses requêtes: ni le lieu de détention du père, ni son sort ne pouvaient être révélés. Et la famille connut la honte. Les voisins ne leur parlaient plus; pis encore, à cause des brassards, on s'écartait d'eux comme de pestiférés, souvent en grommelant. Il y avait quelquefois une injure proférée à voix haute, parfois même, un poing brandi dans leur direction.

La télévision vint filmer l'extérieur de leur maison. L'émission était bien mise en scène. Une foule nombreuse était rassemblée sur le trottoir et regardait le reporter qui se tenait sur le perron, microphone à la main, juste à côté de la porte salie par le G. Le car de la télévision barrait la rue. Le réalisateur donna le signal et l'animateur commença à décrire le crime crapuleux qu'avaient commis les habitants de cette maison. La foule augmentait toujours en nombre et murmurait son mécontentement lors des pauses judicieusement ménagées par l'animateur.

À l'intérieur de la maison, le régisseur suivait le déroulement de l'émission sur une feuille de route. Au moment voulu, il poussa l'aîné des Savard dans l'entrée où se trouvait un sac de déchets.

— Tu sors, tu descends lentement les marches et tu vas porter ce sac sur le trottoir. Ensuite, tu reviens lentement dans la maison. Fais une gaffe, mon salaud, et on vous embarque tous.

Le garçon s'exécuta et la foule murmura en le voyant paraître. L'animateur se mit de côté pour le laisser passer, tandis qu'il décrivait la scène à voix feutrée pour le bénéfice des téléspectateurs. Le garçon fit exactement comme on lui avait dit. Les badauds s'écartèrent afin que les caméras puissent capter chaque détail de la scène.

Comme le garçon déposait le sac d'ordures, un inspecteur des rebuts apparut. Déchirant le contenant d'un geste brusque, l'inspecteur en étala le contenu sur le ciment. La foule poussa des oh! de surprise et d'indignation. Les gaspilleurs poussaient l'outrecuidance jusqu'à jeter des matières récupérables: des boîtes de conserve, des bocaux de verre, des chiffons, du métal et des vieux journaux. L'inspecteur dressa une contravention qu'il remit au garçon en le sermonnant. Un perchiste avait approché un microphone afin que toute la nation puisse entendre la leçon de morale. Le garçon rentra chercher les sacs réglementaires et revint pour trier les ordures sous l'œil sévère de l'inspecteur. Durant ce temps, des figurants dispersés dans la foule faisaient leur travail.

— Mauvais citoyen!
— Égoïste!
Finalement, l'injure suprême fusa:
— Gaspilleur!
Stimulée par la mise en scène, la foule reprit le mot en le scandant.
— Gaspilleur! Gaspilleur! Gaspilleur!

Le garçon retourna chez lui sous les huées et les injures de la foule. Les caméras renvoyaient à toute la nation l'image des visages outrés des citoyens ordinaires. Le peuple en colère contre les gaspilleurs. L'émission eut un succès fou et, à la demande des auditeurs, on la passa de nombreuses fois en reprise. Ensuite, la vie devint un enfer pour la famille Savard et pour tous les gaspilleurs que le G infamant identifiait si bien. On apprit finalement que le père avait été interné dans un camp de rééducation pour gaspilleurs notoires.

Les vexations se firent quotidiennes. Il fallut apprendre à être considéré comme un citoyen de deuxième classe. L'aîné fut renvoyé de l'école. Il en fut heureux, car depuis la fois de la télévision, les anciens camarades le maintenaient à l'écart de leurs jeux et ne lui épargnaient aucune brimade.

Sur le chemin du retour, deux employés des transports en commun lui refusèrent l'accès à l'autobus. Il dut marcher pendant une heure pour atteindre son quartier. Le garçon fit un arrêt à l'épicerie du coin pour acheter des steaks de soja. Le marchand prit les tickets sans dire un mot et lâcha la viande par terre. Par chance, elle était emballée. Le garçon ramassa le paquet au plus grand amusement des autres clients.

Se retrouvant dehors, il se dit que quelque chose était changé, comme si le cours des événements s'était précipité. Et dix pas plus loin il comprit. Une grande affiche placardée sur un mur invitait les citoyens à économiser l'énergie et les matières premières. On citait l'exemple d'un gaspilleur et c'était sa photo à lui qui l'illustrait. Lui, debout à côté d'un tas de déchets étalés sur le trottoir.

Il s'arrêta un moment au coin de sa rue: devant chez lui, une foule en colère vociférait.

— Gaspilleur! Gaspilleur! Gaspilleur!

Après quelques hésitations, il se risqua à rentrer. Les curieux ne s'écartèrent pas et il dut se frayer un passage. On le reconnaissait. C'était bien lui le gaspilleur qu'on voyait partout en ville sur les affiches. On murmura des injures, on le bouscula, on le houspilla et, quand enfin il atteignit la barrière, il avait reçu une bonne douzaine de coups de poing dans les côtes. Il se hâta de refermer la porte; la foule maintenant hystérique hurlait.

Le garçon trouva sa mère en pleurs. On lui avait enlevé la garde des deux plus jeunes afin, avait-on expliqué, de les soustraire à la mauvaise influence familiale. C'était un comble!

Dehors les gens continuaient à s'agiter. Un caillou frappa la porte; un autre rebondit sur la brique. Un troisième projectile fracassa la grande vitre du salon. Les gens se défoulaient en lapidant la maison des gaspilleurs; ils oubliaient ainsi les frustrations causées par les multiples rationnements. On entendit des hurlements de sirènes: un fourgon et deux voitures de la police anti-émeute tournèrent le coin de la rue. Cependant, ils s'arrêtèrent en retrait et les policiers n'intervinrent pas. La télévision arrivait et enregistrait en vitesse ces manifestations spontanées de la haine envers les gaspilleurs. De merveilleuses images qui ne pourraient que faire grimper la cote d'écoute. Des policiers en civil et des figurants de la télévision s'infiltrèrent dans la foule pour orchestrer la manifestation. On cessa de lancer des cailloux pour crier des slogans.

— À bas l'égoïsme!

— Non au gaspillage!

— Mort aux mauvais citoyens!

Exaspéré par ces cris, révolté par l'enlèvement de ses frères cadets et par l'incarcération de son père, l'aîné de la famille Savard sort sur le perron. Il fait face à la foule hostile. Il hurle, mais les huées couvrent sa voix. Et la télévision ne manque rien de la scène! Poussé à bout, le garçon ramasse des cailloux et les lance sur la foule. Il a les traits crispés et un caméraman en capte un gros plan.

— Quelle chance! Non, mais quelle chance! ne cesse de s'exclamer le réalisateur dans le car.

Les gens reculent devant les pierres que lance le garçon. Les policiers en civil veillent à ce que l'on ne retourne pas les projectiles et, finalement, la brigade anti-émeute intervient. Casqués et protégés par des boucliers, les policiers s'interposent entre le peuple menacé et le fou déchaîné. Les cailloux rebondissent sur l'épais plexiglas des boucliers. Les policiers chargent au pas de course et avant que le garçon n'ait le temps de rentrer les matraques s'abattent sur lui. Il croule par terre, inconscient. Les policiers reviennent en traînant le corps.

— Quelles images! Quelles images!

Le réalisateur jubile. Et il a raison. Une promotion importante l'attend, car ce film servira de base à toute la propagande gouvernementale contre les gaspilleurs, une chasse aux sorcières qui fera oublier au peuple les privations quotidiennes. Ce film, et d'autres semblables, conditionnera l'opinion publique et justifiera la suite: camps de rééducation, purges et solution finale.

TROIS MINUTES
EN MÉTRO

Bien que les parois du tunnel défilent à grande vitesse, la chaleur et le bruit stagnent dans le wagon; s'il ne fallait sans cesse rétablir l'équilibre, on s'endormirait facilement.

«J'suis crevée! Pas envie de faire le souper.»

Je me retourne d'un coup. Qui se permet, enfin, tant de familiarité et de naturel? Une femme d'un âge certain, les traits fatigués. Mais sa bouche crispée et son regard glacial m'incitent à penser que ce n'est pas elle qui a parlé. J'ai seulement cru l'entendre.

«Qu'est-ce qu'il a à à me dévisager, ce barbu? J'aurais quelque chose de pas correct?»

Inquiète, elle vérifie son apparence: pas de tache, rien de froissé et il ne manque aucun bouton. Cette fois, je n'ai pas rêvé. La femme n'a pas parlé, mais je l'ai entendu réfléchir! C'est inouï. Je l'ai entendu aussi clairement que si elle avait prononcé les mots. Je rêve peut-être, à moins que l'on m'ait drogué à mon insu.

«Non, mais il est fatiguant, celui-là!»

Elle détourne la tête, moi aussi. Me vient une rumeur confuse faite de mots épars et de voix diverses. Leurs lèvres sont scellées, mais je les entends tous penser! Tous ensemble. C'est à devenir fou. Je ferme les yeux et le bruit s'éteint. En les rouvrant, je regarde une personne en particulier et la voix de ses pensées couvre celles des autres.

Celui-là dans le coin, qui oscille au rythme du roulis du wagon, ce grand timide qui se tient à un poteau, se cachant à moitié derrière d'autres voyageurs, je l'entends rêver. Il regarde discrètement une jeune fille à l'autre extrémité de la voiture. Il la trouve belle et désirable; il trouve charmant son air sage et il lui prête les sentiments les plus nobles, une grande élévation d'âme.

«Dans le virage, le métro se renverse. Ça crie, ça hurle. Les gens sont empilés les uns sur les autres au milieu des bancs arrachés au plancher. Ils se débattent; certains saignent. Les cris! Les cris! Il en vient aussi des autres wagons. Moi seul garde mon sang-froid. Me tenant fermement au poteau, je me relève. Là-bas, je vois une jeune fille morte ou évanouie; sa jupe un peu remontée découvre ses cuisses. Je me précipite à son secours, longe le mur, emjambe des corps, repousse des mains qui cherchent à m'agripper. Le wagon s'emplit de fumée et les appels à l'aide me percent les tympans. Je marche sur quelqu'un; j'assomme d'un direct du droit un homme en proie à la panique. J'arrive près de la jeune fille; elle respire bruyamment. Elle est prise sous un banc à demi arraché. Je libère la fille. Elle s'ouvre les yeux; elle ne dit rien mais son regard est suppliant. Je la rassure d'un sourire et, confiante, elle retombe dans son évanouissement. Je la soulève et la tiens contre moi. D'un coup de pied, je fais sauter la porte. Une femme me bouscule pour sortir la première; elle tombe sur un rail électrifié et pousse un grand cri en mourant dans un éclair bleuté. Tenant fermement la jeune fille, je bondis bien au-delà des rails et du cadavre électrocuté. Enfin de l'air un peu plus frais! Je vais déposer mon précieux fardeau dans une niche de la paroi. Elle s'éveille; je lui dis que je vais seulement sauver les autres et reviens ensuite à elle. Elle m'embrasse sur la joue. J'aide les gens à sortir des wagons et à éviter les rails; avec un extincteur chimique, j'éteins un début d'incendie. Les secours arrivent enfin, mais j'ai déjà fait tout le travail. La jeune fille me regarde venir à elle; elle a des yeux éblouis. Euh!... non. Ça arrive plutôt à la station. Juste comme...»

Je ferme les yeux et la voix du garçon se noie dans la rumeur qui ressemble tant au bourdonnement d'une ruche. Je n'ai même pas envie de rire des fantasmes du garçon. Je regarde cette fille qu'il a parée de toutes les qualités.

«I m'en faut, et vite. J'suis en manque, Christ! Va falloir que je retourne danser quelques jours dans les clubs.»

Cette fois, j'ai envie de rire. Je ferme les yeux et j'essaie de m'arrêter à mes propres pensées. Ce nouveau pouvoir me fait peur. Tout d'abord, comment l'expliquer? Il faut toujours expliquer. Et puis, c'est fatigant de devoir accueillir les pensées des autres. Fascinant en même temps. Je rouvre les yeux et balaie la foule du regard.

«Je n'aurais pas dû acheter ces souliers-là, ils me...»

«... de maudit, quand je pense que ça fait trois ans et...»

«... absolument trouver cinq cents piastres vite parce...»

«Aïe, aïe, aïe! c'est toute une paire qu'elle a!»

«Qu'est-ce qu'il a à me regarder comme ça? Tiens, il a un trou dans son gant.»

«... et puis je dirai: écoute, ça ne peut...»

«Maudite marde qu'i fait chaud!»

Je ferme à nouveau les yeux. Ce bourdonnement! Trop d'idées qui m'assaillent en même temps. Je secoue la tête; je suis sûrement très pâle, sur le point de perdre conscience. Le plus simple est de m'attacher à une personne à la fois. Ce monsieur très digne qui lit son journal.

«Si ça n'avait pas été de nous autres, les Arabes auraient jamais pu exploiter leur pétrole; ils élèveraient encore des chameaux. Hausser les prix: c'est toute la reconnaissance qu'ils ont. Moi, je te viderais ces coins-là à la bombe à neutrons. Préserver notre supériorité pendant qu'il est encore temps. On pourrait s'arranger avec les Russes, ce sont des Blancs.»

Je me replie sur moi-même et frémis en pensant qu'un type comme ça a droit de vote, qu'il pourrait même un jour se retrouver à un poste important. Je fixe un étudiant qui griffonne sur un bout de papier.

«Exécrer la guerre, être pacifiste parce qu'il faut avoir peur, non pas de mourir ou de souffrir, ni même de tuer, mais d'y prendre goût.»

Ce garçon me réconcilie avec l'humanité. Je vais encore me reposer dans ses pensées. Il regarde les autres voyageurs.

«Pauvre bande de cons! Tas de minus! Aucune conscience; des animaux, voilà ce que vous êtes. Moi au pouvoir, je vous ferais découvrir les vraies valeurs.»

D'écœurement je ferme les yeux. Ce type est sans doute pire que ceux qu'il décrie. De la graine de dictateur; il doit être marxiste.

Je porte ensuite mon attention sur une femme d'environ quarante-cinq ans qui est bien mise; elle se tient debout, appuyée sur le dossier d'un banc. J'ai de la difficulté à démêler ses pensées. C'est confus et cela me fait songer à une tache d'essence irisée de couleurs qui se tordent et se mélangent. À travers l'amas mouvant de sensations, je trouve le fil de ses pensées.

«Je suis complètement nue et je me touche. Tous les hommes me désirent; les autres femmes, même plus jeunes, m'envient. Un homme me fait un compliment sur mes fesses; une femme m'encourage à aller plus loin et…»

Je comprends: la dame élégante a le pubis appuyé sur le coin du banc qui vibre. J'ai un peu pitié d'elle; elle s'en fout bien, ignorante qu'elle est de mon indiscrétion et, de toute façon, perdue dans ses rêveries. Une jeune femme regarde un placard de la Croix-Rouge.

«Aider, aider. C'est bien beau, mais moi, qui va m'aider? Comment je vais me tirer d'affaire? Cinq ans de prison et pendant ce temps-là, moi toute seule avec deux enfants. Maudite marde ! Maudite vie! Va falloir que j'aille à l'assistance sociale, me faire traiter de haut par une petite universitaire qui se croit plus fine que les autres. Ensuite, faudra que je sois gentille avec l'inspecteur qui viendra, plus souvent que nécessaire, faire son enquête. Maudite gang! À moins que j'aille voir Richard. Il m'avait déjà proposé…»

Le bruit s'éteint doucement comme la rame entre en gare. Délivrance! je n'entends plus que l'air qui siffle, que le grincement des freins, que les conversations des gens. Je me sens vidé, épuisé, écrasé. Me lever demande un effort surhumain. Je resterais bien assis jusqu'à la prochaine station, mais j'ai peur que le phénomène se reproduise. Je me hâte donc de sortir, m'insérant dans la foule pour me laisser porter et pousser par elle.

Enfin dehors! Je vois le jeune homme rêveur qui suit de loin la fille à l'air sage. La dame élégante a un visage coupable. Sans plus m'occuper d'eux, je presse le pas. J'ai le temps avant six heures d'acheter une automobile, n'importe laquelle. Plus jamais les transports en commun!

ÉCRIRE EN 2001

L'écrivain apporte l'ultime correction à son roman et se cale dans sa chaise. Son regard se fixe sur le mot «fin» qui apparaît au bas de la dernière page sur l'écran cathodique. Selon son habitude, il se sent quelque peu désemparé, comme si, le texte terminé, il n'avait plus de raison de vivre. À moins que ce ne soit plutôt la peur qu'il éprouve de replonger dans la réalité. Il repensera à cela une autre fois, pour le moment il a encore à faire. L'écriture achevée, il lui faut se préoccuper de la mise en marché.

Il appuie sur la touche «communiqué» du microprocesseur et en quelques secondes un résumé de dix lignes du roman est composé. Suivent une courte biographie et un rappel des œuvres antérieures. L'auteur y apporte quelques corrections: l'ordinateur n'a ni le sens du dramatique, ni le don d'associer des mots qui fassent image. Satisfait du texte du communiqué, l'écrivain enfonce la touche «promotion et publicité». Apparaît sur l'écran la liste des véhicules possibles et des tarifs correspondants. Il se demande s'il va s'offrir cette fois un quinze secondes de publicité nationale. Après quelques minutes de

réflexion et de calcul mental, il décide plutôt de l'envoi
du communiqué à toutes les chaînes et stations. Il va, de
plus, faire parvenir ce communiqué et la première page
du roman à tous les lecteurs de ses précédents ouvrages.

L'auteur compose les codes et, instantanément, le
roman est répertorié dans les vidéothèques et disponible
pour la vente, les communiqués sont diffusés et le titre
est inscrit sous la rubrique «vient de paraître» des chaînes culturelles. Un autre code, et l'œuvre est envoyée,
aux frais de l'auteur, à tous les critiques attitrés. Les ordi-
nateurs calculeront les redevances, déduiront le coût de
la publicité et de la diffusion et créditeront la différence
au compte de l'auteur. La mise en marché est presque
terminée. Il reste encore les entrevues à accorder. Comme
il les connaît, les divers postes de télévision vont solici-
ter ces interviews dans une quinzaine de minutes, quitte
à stoker les images et à ne jamais les utiliser. Plus proba-
blement, elles serviront à boucher un trou, dans quelques
semaines ou quelques mois. Et puis, ces gens de la télévision aiment prévenir les coups. Si le roman devient un
succès, ils auront une entrevue fin prête.

Un quart d'heure. Il a juste le temps de se préparer.
Lorsqu'il revient dans son bureau, il est rasé de frais et
porte son plus beau costume. Il s'installe dans le fauteuil
adossé à la bibliothèque, le fauteuil sur lequel l'objectif
de la télévision à deux voies est toujours braqué. Il aime
bien paraître à l'écran devant un fond de livres aux belles reliures. Cela fait sérieux, cela fait écrivain.

Il se déplace un peu pour que le cadrage soit parfait.
Ce n'est pas son visage qu'il regarde sur l'écran en attendant que les chaînes de télévision le contactent, mais les
volumes alignés sur les rayons. Il regrette le temps où
il rangeait dans sa bibliothèque un livre avec son nom

imprimé sur la couverture. Les caractères, l'odeur de l'encre, la douceur du papier, le froissement des feuilles qu'on tourne: un livre! En ce temps-là, on avait vraiment l'impression de travailler. L'œuvre était une chose tangible, une chose qu'on pouvait tenir en main, donner, prêter ou se faire voler. Tandis que maintenant… L'écrivain grimace. Il songe avec agacement que dix pour cent de ses revenus seront versés à la caisse de bienfaisance des anciens éditeurs.

LES MUETS

— C'est toujours moé qui fait toute icitte!

Le vieillard continue de touiller les braises sur lesquelles il jette des bûches. Il ne cesse de marmonner. Il marmonne encore en refermant le poêle et en essuyant, sur son pantalon, sa main gauche tachée de suie. L'aveugle lève la tête, brandit le grand tisonnier et menace ceux qui sont à l'étage.

— Vous m'entendez? J'en ai assez! J'en ai assez! Mais ça va changer betôt.

Il s'éloigne de l'escalier, appuie le tisonnier contre la boîte à bois et s'en retourne à la berçante. Il allume une cigarette, manquant de peu de mettre le feu à sa barbe blanche encore teintée de blond par endroits, ternie par la suie à d'autres. Le doigt dans le verre pour jauger le niveau, il se verse du genièvre qu'il avale d'un trait en rugissant.

— C'est vrai! C'est moé qui fait toute icitte, le ménage, la cuisine, la vaisselle, le lavage. Pourtant, aveugle comme j'suis, c'est moé le moins capable.

Il parlait pour tout le monde; il s'adresse maintenant à sa femme qui est assise de l'autre côté de la table.

— Pis toé, tu dis rien non plus. Tu restes assise sans parler. Comme les autres. Vous avez honte de toute me laisser faire dans la maison. C'est ça hein? Vous avez honte et osez pas m'répondre. À soixante-treize ans, j'aurais droit moé aussi à un peu de repos.

Il se sert un autre verre d'alcool, le quinzième, le vingtième peut-être, depuis qu'il s'est levé à cinq heures comme il le fait chaque matin. Il ouvre ensuite son troisième paquet de cigarettes. La fumée bleutée se mêle à la fumée blanche qui s'échappe du poêle par un rond mal ajusté. Tout ça stagne, se sédimente en strates de nuances diverses. La lumière, qui se bronze en traversant les carreaux crasseux, trace des stries verdâtres dans l'air enfumé, transfigure les pauvres meubles et se colle aux murs qu'elle recouvre en dissimulant la suie. Toute la cuisine baigne dans un demi-jour de rêve, et le taudis prend des allures d'intérieur bourgeois comme en peignaient les peintres hollandais du XVIIe siècle. Le temps semble figé; les bruits, toujours les mêmes, ne font qu'accentuer l'immuabilité des choses. Les bûches pétassent, le tuyau de tôle craque, la pendule tictaque, les châteaux de la berçante grincent sur la poussière du plancher.

— Ça va faire quarante ans c't'année qu'on est mariés. Ha! c'était le bon temps! J'étais encore jeune homme, j'avais mes yeux. T'étais une belle créature, corpulente comme y faut. On était heureux avec le pére et la mére, dans cette maison où i ont toujours vécu, où je suis né. Même après que j'ai été aveugle, on a été heureux. On l'était jusqu'à y a cinq ans. Pis là, plus un mot! Tu m'parles pus, tu fais comme si j'existais pas, tu m'répond même pas. Maudit!

Il remplit un verre d'alcool et le boit en deux gorgées. Puis, il se lève et se rend jusqu'à l'escalier en contournant les meubles sans hésiter. Sa main ne cherche presque pas avant de trouver la rampe. Il monte d'un pas; la marche se plaint.

— Pis toé, le pére, sais-tu que ça fais treize ans et trois mois que tu m'as pas dit un mot? Vieux fou! Moé ton seul garçon; moé qui ai toujours resté avec toé; moé ton bâton de vieillesse. Popa!

Il jette le mégot qui lui brûlait les doigts.

— Et toé, la mére? Ça va faire douze ans le deux du mois prochain que tu m'boudes. Douze ans! Douze ans!

Le vieillard va fermer la clef du tuyau du poêle qui tire trop.

— Le vent se lève. On va avoir de la neige.

Il retourne au bas de l'escalier et crie:

— On va avoir de la neige! Ça vous fait rien, hein? Si ça vous fait quelque chose, vous le direz pas; vous m'boudez. Vous m'parlez pus, mais j'me venge: j'parle, j'parle. Vous êtes obligés de m'écouter; vous pouvez pas faire autrement. Pas de silence, pas de repos. Vous êtes tannés de m'entendre? Ça m'fait rien. J'vas parler toute la nuit; pis essayez pas de dormir, parce que j'vas crier. Vous voulez pas m'parler; vous allez écouter, d'abord. Là, j'vas manger un peu, pis après j'vas vous raconter ma vie, not'vie. Vous allez en avoir jusqu'à demain matin.

Il emplit la bouilloire qu'il met à chauffer; à même la boîte, il mange du ragoût en conserve qu'il ne prend pas la peine de réchauffer. Ensuite, il essuie du revers de la main sa bouche et sa barbe tachées de sauce. En attendant que le thé soit prêt, il prend un verre de gin et fume une cigarette.

— Ma femme, m'a te raconter quand on s'est rencontrés. C'est une belle histoire d'amour. Ça m'émeut toujours d'y repenser. Pas toé?

Il tète sur sa cigarette, prête l'oreille au bruit de pas légers qui vient de l'étage.

— Aïe! en haut! Restez dans vos fauteuils. Parlez, si vous voulez quelque chose.

Le bruit s'arrête. C'est ensuite comme une course rapide, puis le silence revient. Satisfait, l'aveugle se tourne vers sa femme.

— Les beaux souvenirs, t'aimes pas ça? À place, voudrais-tu que j'te reparle de ton boucher? Le boucher, oui, oui, celui qui venait t'voir l'après-midi pendant que le pére et la mére faisaient la sieste en haut et que moé, j'vendais des crayons à mine au coin de la rue. T'as jamais voulu admettre; j'ai eu beau te battre, t'as toujours nié. Mais astheure, tu dis plus non: donc, c'était vrai! J'ai toujours eu raison, tu m'trichais. Maudite! Oser tricher son mari aveugle!

Il s'interrompt pour aller préparer le thé. Il fait un détour jusqu'à l'escalier.

— Vous faisiez la sieste pendant qu'a recevait le boucher? Vous faisiez semblant plutôt. Vous vous disiez: «Pauvre elle, a fait pitié d'être mariée à un aveugle. Est si bonne pour lui, quand même a s'amuserait un peu ailleurs.» Pensez-vous que j'la négligeais, que j'étais une moitié d'homme? Non! C'est elle qu'était une maniaque. Le boucher arrivait pas à la contenter; le soir, a m'en redemandait toujours. Une maniaque! J'vas toute vous conter ça, avec les détails. Vous allez voir comment a s'amusait «c'te pauvre femme d'aveugle». Pis non, ça sert à rien, vous êtes de son bord. Des pareils! Oui, des pareils. Le pére, tu te souviens d'la couturière? Yvette qu'a s'appelait. Tu m'emmenais quand j'avais dix ans. Pendant que j'restais à regarder les poissons de son aquarium, vous alliez dans la chambre «prendre des mesures» comme vous disiez. Pis après, tu m'emmenais au restaurant pour que j'dise rien à moman. Tu y préparais une surprise? Pourtant, j'ai jamais vu de robe neuve sur le dos d'la mére.

Il ricane avant de poursuivre.

— Aïe! la mére, ça t'surprend d'apprendre que ton vieux t'trichait? Pis pas seulement avec Yvette. Dans le fond, ça t'fait rien; tu devais le savoir. Toé pendant ce temps-là, tu t'soûlais en cachette. Un pére courailleux, une mére ivrogne, une femme infidèle: ah! une belle vie que j'ai eue! J'avais rien que douze ans quand vous m'avez envoyé travailler. J'me suis ruiné la santé, j'ai perdu mes yeux à travailler des seize heures par jour, pour faire vivre la fille que t'avais faite à la couturière, le pére; pour payer ta boisson, la mére.

Le vieillard se calme, se verse du thé, revient à la table, tâtonne un moment avant de trouver son paquet de cigarettes, en sort une, l'allume, fait un pas vers l'escalier, puis se ravise et s'assoit dans la berçante. Il boit.

— Tu penses que j'exagère, hein? ma femme? Tu penses que j'invente pour vous faire d'la peine. Pis moé, vous m'en avez pas fait d'la peine? Vous m'en faites pas encore chaque jour d'la peine?

Il essuie une larme, ajoute un peu de gin à son thé et s'abandonne aux sanglots. Il pleure en reniflant afin que les autres entendent. Durant de longues minutes il pleure, ne s'arrêtant que le temps de tirer une bouffée sur sa cigarette ou d'avaler une gorgée de thé.

— Cinq ans sans entendre une aut'voix que la mienne! Tout seul dans l'noir. Pensez-vous que c'est raisonnable? Faut pas avoir de cœur pour faire ça à un pauvre aveugle. Y a treize ans, c'est le pére. Un an plus tard, la mére. Ensuite toé, ma femme. Vous aviez pas le droit de mourir pis de m'laisser tout seul, pas le droit!

Le vieillard pleure longtemps dans la cuisine maintenant obscure. La fumée est devenue invisible, sauf le petit filet qui s'échappe du poêle et que le reflet des braises teinte d'orangé. Le tuyau craque en se contractant, la pendule tictaque, les châteaux de la berçante grincent sur la poussière du plancher. Aux bruits habituels s'ajoutent les sanglots et les hoquets. Sept heures sonnent finalement. Le vieillard réagit, brise son immobilité. Il lance son verre dans l'évier en jurant et boit une longue rasade de gin au goulot de la bouteille. Il se lève et crie:

— Vous êtes pas morts! J'vous ai jamais vus morts! Vous m'parlez pus seulement pour m'faire de la peine. Vous m'parlez pus, mais vous allez m'entendre. Vous allez m'écouter!

LE MERLE
D'AMÉRIQUE

Brouhaha dans la salle d'audience. Les personnes présentes étirent le cou afin de mieux voir la pièce à conviction numéro un que le greffier vient de déposer devant le juge. Obéissant à son instinct, le merle sautille sur le bureau, s'arrête et tente de vermiller au milieu des dossiers. On entend distinctement le bois sonner sous les coups du bec jaune. Le juge, le greffier, les avocats, l'assistance et même l'accusé, tous sourient.

L'oiseau rejette la tête en arrière, entrouve le bec, gonfle la gorge et se met à chanter. *Ti-lût, ti-lulût*. Sa poitrine rouge brique fait une tache lumineuse. *Ti-lût, ti-lulût*. Mis à part le chant de l'oiseau, le silence total. Émerveillés, les humains retiennent leur souffle et l'oiseau chante comme s'il était seul en pleine nature. *Ti-lût, ti-lulût, lutût*. Des yeux s'emplissent d'eau, des gorges se nouent d'émotion.

Le greffier replace l'oiseau dans la boîte et il faut ensuite un certain temps avant que les humains reprennent pied dans la réalité de cette salle d'audience dont les antiques boiseries font paraître jaunâtre la puissante lumière des fluorescents. Ce sont d'abord des soupirs, puis des ricanements nerveux et, enfin, un murmure de voix. Le juge, compréhensif, laisse faire. Lui-même a besoin de partager son émotion et il se penche à l'oreille du greffier qui s'est rapproché.

Le propriétaire de l'oiseau jubile et dévisage l'accusé avec des yeux triomphants. L'avocat de la défense murmure à son client:

— Il a raison de se réjouir. C'est pas bon pour nous, cette petite démonstration. Maintenant, ce n'est plus la Couronne qui nous poursuit mais l'oiseau. Mauvais tout ça!

Le procès se poursuit. Un premier témoin a pris place et décliné nom, adresse, état civil. Le procureur de la Couronne l'interroge.

— Où vous trouviez-vous le matin du 12 juin 2061?

— Dans la propriété de M. Charles W. Ross.

— À quelle heure y êtes-vous arrivé et pour quelle raison alliez vous-là?

— Cinq heures trente. Je suis feuillagiste et j'entretiens le terrain. J'ai un contrat annuel. Ce matin-là, j'y allais pour la floraison des lilas.

— Y avait-il quelqu'un d'autre sur le terrain? questionne encore l'avocat.

— Non, personne.

— Des animaux?

— Les mêmes que d'habitude. L'écureuil gris; il était immobile sur une branche du chêne. Dans d'autres arbres les oiseaux chantaient: deux sitelles, un tiran tri-tri, un pic doré, deux tourterelles tristes et un pinson à gorge blanche. Et, par terre, il y avait le rouge-gorge…

— Vous voulez dire, le merle d'Amérique, *Turdus migratorius?*

— Oui, c'est ça. Mais tout le monde l'appelle rouge-gorge.

— Et que faisait-il cet oiseau? demande encore l'avocat.

— Il sautillait le long de la haie d'*hydrangeas arborescens*. Puis, il s'arrêtait et chantait durant de longues minutes, comme il a fait tantôt. Un chant puissant et bien modulé; cet oiseau est une réussite! J'ai cessé de travailler pour l'écouter et l'observer. Je ne m'habitue pas; ça m'émerveille toujours.

— Où vous trouviez-vous à ce moment-là?

— Au milieu d'un buisson de lilas. Je regardais l'oiseau quand tout à coup j'ai vu une tête d'homme sortir d'entre les *hydrangeas*. Un homme à quatre pattes; il s'est avancé derrière le rouge-gorge, une épuisette à la main.

— Vous voulez dire, ce filet? demande l'avocat en désignant la pièce à conviction numéro deux.

— Oui. Le gars l'avait à la main, il s'est approché de l'oiseau et l'a attrapé.

— Qu'avez-vous fait à ce moment-là?

J'ai crié.

— Qu'avez-vous crié?

— Ben... heu... c'est que...

Le juge s'en mêle:

— Dites-le sans aucune gêne. J'ai déjà tout entendu.

Le témoin poursuit.

— J'ai crié: Aïe-là! maudit voleur! Arrête!

— Et puis? demande le procureur de la Couronne.

— Le gars s'est retourné et m'a regardé. Il avait l'air surpris. Il a ramassé l'oiseau dans sa main, lâché le filet, sauté la clôture derrière la haie et traversé en courant la cour voisine. Le temps que je sorte des lilas, il était monté dans une voiture et partait. J'ai appelé la police.

— Le voleur, demande le procureur de la Couronne, vous dites qu'il vous a regardé avec surprise?

— Oui, quelques secondes. Il ne devait pas s'attendre à rencontrer quelqu'un à cette heure-là.

— Donc, vous l'avez bien vu?

— Oui, son visage était éclairé en plein par le soleil qui se levait.

— Et ce voleur, vous sauriez le reconnaître?

— Oui. C'est lui, répond le témoin en désignant l'accusé.

— Vous en êtes bien certain?

— Oui. Ce bandit était à peine à trente pas de moi. Je l'ai vu comme je le vois maintenant, d'aussi près. C'est bien lui le voleur. D'ailleurs on l'a arrêté quand il essayait de revendre l'oiseau, non?

— Objection, votre Honneur! crie l'avocat de la défense.

— Objection retenue, déclare le juge. Le témoin doit s'en tenir aux faits dont il a été témoin, rien d'autre.

Le témoin baisse piteusement la tête. Le procureur de la poursuite se porte à son secours.

— Il faut comprendre la réaction du témoin, votre Honneur. Je crois que c'est un peu comme s'il avait lui-même été victime du vol. N'est-ce pas?

— C'est vrai, confirme le témoin. Voyez-vous, je suis chargé d'entretenir la propriété de M. Ross, et ça depuis des années. C'est moi qui ai aménagé son terrain, installé le gazon, les arbres, les fleurs. Je m'occupe des feuilles au printemps, à l'automne; je les ramasse pour l'hiver. C'est mon métier. Et je vends aussi des oiseaux. C'est moi qui ai fourni tous ses oiseaux à M. Ross, et son écureuil.

— Objection, votre Honneur! lance une nouvelle fois l'avocat de la défense. La vie privée du témoin n'a aucune pertinence dans cette affaire.

— Au contraire, votre Honneur, rétorque le procureur de la Couronne. Le témoignage du feuillagiste apporte un éclairage différent à l'affaire. Car, il s'agit plus que d'un simple vol. En dérobant l'oiseau, l'accusé a fait plus que léser un honnête citoyen de la jouissance légitime de son bien; il a détérioré tout l'environnement de M. Ross, annulé des années d'efforts. Un acte de ce genre a des implications de beaucoup supérieures à la valeur de l'objet volé. Il constitue une menace pour tous les gens qui, comme M. Ross, tentent de recréer des oasis de verdure dans notre monde de grisaille, et en même temps c'est une négation de la valeur et de l'importance de l'action de ces gens.

— Des gens qui recréent des oasis, comme vous dites, pour leur plaisir égoïste, coupe l'avocat de la défense. Votre Honneur, j'ai l'intention de démontrer qu'il est immoral de se créer ainsi de petits paradis artificiels à son usage personnel. C'est de la provocation, une incitation directe au vol pour la multitude qui, si elle a les mêmes besoins de beauté, n'a pas les mêmes moyens que les privilégiés.

Le juge semble réfléchir durant quelques instants.

— Vous aurez plus tard le loisir de développer votre argumentation. Pour l'instant, la parole est à la poursuite et l'objection est rejetée.

Le procureur de la Couronne recommence à parler.

— Votre Honneur, ce n'est pas pour posséder un peu de beauté, ni par amour de la nature que l'accusé a com-

mis son crime, mais simplement par appât du gain. Pour
faire de l'argent, comme on dit dans son milieu. Il n'y
a aucune circonstance atténuante. Il aurait pu acquérir
légalement un tel oiseau.

L'avocat se tourne vers le témoin et poursuit:

— Vous avez dit que vous avez vendu des oiseaux
à M. Ross. C'est bien cela?

— Oui, tous ses oiseaux viennent de ma boutique.

— Auriez-vous vendu un merle d'Amérique à
l'accusé s'il s'était présenté à votre boutique?

— Bien sûr! J'en fais le commerce. On n'a jamais
trop de clients.

— Donc, si l'accusé avait été saisi d'un besoin irré-
sistible d'avoir un oiseau bien à lui, il aurait pu facilement en acheter un.

— Oui, s'il avait eu l'argent nécessaire, coupe le
témoin.

— Ah oui! fait l'avocat d'un ton volontairement surpris, il y a une question d'argent. Dites-moi, ces oiseaux
valent cher?

— Assez cher.

— J'imagine donc que, même volés, ils se vendent
facilement.

— Sans problème. Il y a des réseaux bien organisés:
braconniers, receleurs, revendeurs.

— Afin d'éclairer la cour sur l'importance du vol,
pourriez-vous nous dire combien vaut un merle
d'Amérique?

— Le prix actuel est de 17 300 $. Un peu plus, un
peu moins, selon l'offre et la demande.

Des oh! et des ah! se font entendre dans la salle. Le
témoin sent le besoin de se défendre et, sa nature de com-
merçant prenant le dessus, il se tourne vers l'assistance.

— Ça peut sembler cher à première vue, mais dans le fond, ce ne l'est pas. Faire du gazon, fabriquer un arbre avec un jeu de feuilles pour l'été et un autre pour l'automne, même avec des glands comme ceux du chêne de M. Ross, c'est assez facile. Mais fabriquer un oiseau, c'est une toute autre histoire. Des piles-pastilles super-puissantes, des moteurs miniatures, un système phona-toire de qualité, un microprocesseur, des articulations très complexes: chaque oiseau automate est un chef-d'œuvre de mécanique. Imaginez la somme de travail! Et les plu-mes, il faut les mouler, puis les teindre d'après des pho-tos anciennes. À la main! Chacune est posée à la main. Un merle d'Amérique, ça se fabrique pas en série.

LES CHOSES

Un rayon de soleil s'étire sous le store. S'allument des étoiles dans les gouttes qui s'enflent au bec du robinet, s'arrondissent, s'étirent et se détachent une à une pour aller faire sonner l'émail de la baignoire. Les gouttes s'écrasent en éclatant au milieu du cerne de calcaire déposé au long de milliers de secondes.

Dans le couloir une araignée se hâte vers ses occupations. Elle zigzague pour éviter les collines de poussière. Juchée sur le sommet d'une plinthe, une blatte la surveille. La lampe fluorescente, dont les contacts sont usés, fait un bruit régulier de moteur électrique. Une mouche à fruits tourne autour d'une pomme desséchée depuis longtemps. La cuisine est pleine d'objets dont les yeux ne cillent pas. La manivelle du moulin à café semble faire une geste d'invite au compotier. Comme un pauvre devant une vitrine, une mouche contemple avec envie les pâtes alimentaires enfermées dans des bocaux de verre.

L'escalier prend ses aises et des marches craquent; les lattes du plancher leur répondent. Mille bruits discrets, à peine audibles, fondus en un murmure au milieu duquel le passage d'une souris prend les proportions d'une procession d'éléphants. Vibrations venues du dehors: les verres tintent dans le vaisselier; le lustre de cristal se balance un peu. Guidée par son instinct mécanique, la fournaise du sous-sol se met en marche. Son ronron recouvre tous les autres bruits et, devant les bouches d'air chaud, des tempêtes se forment. Des vents brûlants, comme autant de simouns, courent en soulevant des nuages poudreux. Il neige sur la moquette aux fleurs fanées. Les draperies se balancent doucement. L'air chaud érode un peu plus la fougère desséchée.

Le silence revient. La lumière tourne d'une manière imperceptible. L'horloge électrique sonne l'heure d'un unique timbre aigrelet et sans résonance. Quelle heure? Qui s'en soucie? Dans la pénombre poussiéreuse les choses bâillent. C'est que nous sommes bien entre nous, jouissant de cette paix que procure l'absence du bruyant et brutal bipède.

LIBERTAD

L'arrêter, lui? Complètement absurde. Il ne fait partie d'aucun parti politique, d'aucun mouvement, ni d'un syndicat. Il a toujours gardé pour lui son opinion sur le régime, évité de prendre part à une quelconque manifestation ou même seulement de fréquenter ceux qui ne se gênaient pas pour critiquer. On n'a aucune raison de l'arrêter.

Pourtant, ils sont venus en pleine nuit et, malgré les supplications de sa femme et les pleurs des enfants, l'ont emmené vers une destination secrète. Secrète mais presque familière: tellement de rumeurs effrayantes courent au sujet de ces prisons d'où l'on revient rarement.

Emprisonné, battu, torturé chaque jour par simple plaisir sadique, sans même qu'on le questionne, puisqu'on sait fort bien qu'il n'a rien à révéler, José n'a plus de contact avec l'extérieur. Il lui est même impossible de faire savoir le lieu de sa détention.

De toute façon, il n'y a peut-être plus d'extérieur. Après quelques jours, il n'y a plus de vrai que la réalité de la prison: la nourriture affreuse et insuffisante, le sommeil rare, les plaies qui s'infectent, les évanouissement d'une journée, les cris des torturés, les râles des voisins de cellule qui expirent. Et chaque jour la routine de la torture. L'intolérable sentiment d'impuissance, les yeux rieurs des bourreaux, la haine, le désir de vengeance et surtout la douleur. La douleur! Les chairs brisées, tailladées, brûlées. La douleur qui secoue chaque cellule, la douleur qui coule dans les nerfs comme du plomb fondu, la douleur qui explose dans le cerveau en éclats aigus. Les soubresauts de la chair qui cherche à se défendre ou à fuir, les cris qui écorchent la gorge, le désir et l'espoir de mourir et, finalement, un sentiment d'irréalité, une espèce de détachement. Devant de telles souffrances, le cerveau dresse des barrières et provoque une anesthésie. Et ensuite, l'ultime défense: la perte de conscience.

Durant les moments de lucidité que ménage parfois sa vie de torturé, José a compris qu'on ne désire que le réduire à l'état de bête. On l'a arrêté au hasard, sans raison autre que celle de semer la terreur dans son voisinage. Lequel parmi les centaines de prisonniers qu'on soumet à la question pourrait apprendre quelque chose aux soldats? Ils contrôlent tout, savent tout de tous; leur but est uniquement de démoraliser la population.

Après des semaines de cachot et des séances presque quotidiennes de torture, le médecin ordonna le transfert de José à l'infirmerie. Il était devenu une loque en proie au délire et sur laquelle la souffrance n'avait même plus prise. «L'infirmerie»: un cachot un peu plus grand que les autres où six détenus auraient été à l'étroit. Après l'arrivée de José, «l'infirmerie» comptait vingt-trois agonisants. Huit étaient étendus à même le dallage de pierre; tous les autres se tenaient debout, pressé les uns contre les autres comme les voyageurs dans un métro à l'heure de pointe. Seulement, il n'y avait pas ici de station. Aucun moyen de s'étendre ou même de s'asseoir. L'un n'aurait pu se gratter la nuque sans en même temps déranger deux ou trois voisins.

Ayant poussé José dans les bras des prisonniers debout, les geôliers repartirent. Un des hommes étendus se mit sur pieds avec peine et on coucha José à sa place. À présent, ils étaient quinze à souffrir, à pleurer, à somnoler, en un mot, à vivre debout. L'odeur des blessures infectées et des excréments emplissait l'air. Il n'y avait aucun égout. Deux fois par jour, grâce à un ballet compliqué des pieds, les prisonniers nettoyaient le plancher en poussant les excréments sous la grille et jusque dans le couloir où ils étaient éventuellement ramassés. Mais l'odeur, elle, persistait.

Quand José reprit conscience trois jours après son arrivée, il eut peur. Tous ces hommes sales et puants, presque nus, qui le regardaient avec curiosité. Cependant, au milieu des cicatrices et des balafres, des sourires s'allumaient.

— Ton nom? demanda une voix amicale.

— José.

— Bienvenue, José. Vous avez tous entendu? Il s'appelle José.

Le nom fut répété par dix voix.

— J'ai soif, dit José.

Passée de main en main, une écuelle parvient jusqu'à lui. Un autre prisonnier l'aide à boire. Les yeux fixés sur l'ampoule nue qui clignote, José écoute ensuite les instructions que lui transmet une voix, celle d'un homme qu'il ne peut distinguer de la masse de visages hagards.

— La première chose que tu vas faire, José, c'est d'apprendre le nom de chacun. Ici, on ne parle jamais à quelqu'un sans d'abord l'appeler par son nom. Le nom, c'est tout ce qui nous reste. L'autre chose importante: toujours penser aux autres. On ne fait rien sans le dire aux autres, parce qu'ici tout ce qu'on fait, même respirer, dérange les autres. Et tout ce que font les autres te dérange. Il faut qu'on s'arrange avec ça. Quand tu seras debout au milieu de nous, faudra même demander pour chier; pour que tu puisses t'accroupir, les autres devront se tasser un peu plus.

Quelques heures plus tard, un homme mourut dans d'affreux râles. Il était couché tout contre José, leurs épaules et leurs cuisses se touchant. Au cours de son agonie, l'homme dégorgea des flots de sang, et la vue de ce spectacle fit perdre connaissance à José. On veilla le corps durant plusieurs heures avant d'appeler les gardes. José entendit vaguement une espèce d'interminable litanie que psalmodiaient tous les prisonniers.

Le cadavre est évacué. Il y a une place libre par terre! Les yeux des hommes brillent de convoitise. Chacun d'eux décompose mentalement les gestes qu'il ferait pour s'étendre, imagine le bien-être qu'il éprouverait à s'abandonner au sommeil. Plusieurs sont debout depuis quatre jours, dormant sur leurs pieds, la tête appuyée sur l'épaule ou le dos d'un voisin, le corps soutenu par la masse compacte des autres corps. Paraîtrait qu'une fois un homme est mort debout et qu'on ne s'en est rendu compte que le lendemain alors qu'il était déjà raidi: il n'avait pas remué les pieds pour balayer les excréments vers le couloir.

Une voix se fait entendre. C'est Rodrigo, le professeur.

— Il y a une place par terre. C'est au tour de Manuel. Est-ce que quelqu'un d'autre croit qu'il devrait avoir priorité?

— Il n'y a pas de réponse. Chacun voit bien que la douleur et la fatigue des autres sont aussi grandes que les siennes. Manuel s'installe en disant:

— J'ai dormi ce matin. Quelqu'un prendra ma place dans trois heures.

En moins d'une minute, il ronfle. Quelqu'un prend la parole pour décliner le nom de celui qui est mort tantôt, les noms de ses parents et grands-parents, ceux de ses enfants. Il dit le lieu de sa naissance et, durant presque une heure, relate l'histoire du mort, donne les dates des événements importants de sa vie. Ensuite, une autre voix évoque la vie de Miguel, un prisonnier qui est décédé deux jours plus tôt.

— À toi, José. Apprends-nous ta vie, qu'on puisse la réciter si tu meurs.

La gorge nouée par l'émotion, José entreprend de se raconter. Il comprend tout à coup l'importance de ce geste et cela efface les dernières traces de timidité. Et puis, sa vie ressemble tellement à celle des autres!

Chaque jour quelques-uns se racontent ainsi; les autres répètent en chœur. Ces paroles bercent le sommeil, assourdissent les pleurs, couvrent les gémissements, éloignent la peur, et surtout empêchent d'oublier l'extérieur, la vie d'avant, quand on était de véritables humains. Jamais de silence. Rodrigo redit l'histoire du pays; un prêtre parle des Hébreux, du Christ et des Pharisiens; Ramon, un étudiant, déclame de mémoire le premier chapitre du *Capital* sans omettre une virgule; Hector explique la façon de monter un mur de briques; un autre enseigne les tables de multiplication.

Mais ce sont surtout les histoires des autres qu'il faut apprendre. Et les nouveaux venus se consacrent en priorité à cette tâche. Il en arrive chaque semaine de ces nouveaux, sensiblement au rythme des départs. Car on quitte éventuellement «l'infirmerie», le plus souvent mort, parfois guéri. Mieux vaut mort.

Quand les gardes viennent chercher un prisonnier décédé, ils rayent le nom sur une liste. Parfois, ils surgissent à l'improviste avec la même liste et appellent le plus ancien nom. Le nom de quelqu'un qui est là depuis deux ou trois mois, parfois plus; celui-là est présumé guéri. On l'appelle une deuxième fois et, dans un grand remous de corps, il s'approche de la grille. On ouvre et on l'entraîne, non pas vers la liberté, mais vers les cellules ordinaires, vers une nouvelle ronde de séances de torture. S'il en est qui survivent à cette deuxième expérience, nul ne le sait. Aucun n'a jamais été ramené à «l'infirmerie».

Ces départs causent une grande tristesse. Alors, pour que personne n'oublie que la prison n'est pas la vraie vie, le professeur parle de l'extérieur, des gestes quotidiens qu'y font les gens; ces banalités prennent l'importance de grands faits historiques. Puis, il nomme les rivières, les montagnes, les villages et les villes du pays et même les rues de la capitale. Ensuite, c'est l'étudiant qui prend la relève avec des discours sur l'oppression, la lutte, la révolution et la liberté. À tout coup, il termine en disant:

— Nous, on connaîtra pas ça. Nos enfants, peut-être. Espérons. Padre, parle-nous de ton paradis céleste, c'est tout ce qui nous reste.

Et le prêtre prêche. Il dit: grâce, rémission, récompense éternelle. D'autres encore parlent. De tout et de rien. Du champ que son père et son grand-père cultivaient avant lui, d'un article de journal lu juste avant l'arrestation, de la façon dont sa femme prépare l'agneau.

Pauvres gardiens! Ils croyaient achever de détruire ces hommes en les entassant dans ce réduit, mais c'était compter sans la parole. S'ils avaient pu savoir, ils auraient d'abord tranché la langue de chaque détenu. Cette antichambre de la mort devenait, par la puissance de la parole, une véritable infirmerie. Mais on n'y soignait pas les corps.

Au bout de deux semaines, José se retrouva debout avec les autres; un malade prit sa place. Il alla tout au fond, juste dans l'encoignure. Il serait le dernier à pouvoir s'étendre à nouveau, après qu'une lente rotation l'aurait amené près de la grille. Entre-temps, il lui faudrait apprendre à dormir debout, par-à-coups, en s'appuyant à la paroi ou aux autres.

Au fond de la cellule, José fit la rencontre de Pedro, un vieillard dont il connaissait la vie, mais non le visage. En effet, Pedro ne s'approchait jamais de la grille. Lorsque venait son tour de s'étendre, il donnait sa place à quelqu'un d'autre. Il avait rapidement appris à dormir debout dans l'encoignure, les épaules bien calées contre les murs.

— Je ne pourrais plus me faire à un lit, disait-il en riant.

Pedro riait souvent et faisait rire les autres. Il connaissait une quantité infinie de contes anciens et souvent il les transformait pour les adapter aux temps actuels. Ce qui surprit José, c'est que le vieil homme occupait toujours ses mains, même en parlant. Avec des bouts de tissu effilochés, des lambeaux de chemise arrachés à un cadavre avant que les gardes ne l'emmènent, et même avec d'anciens pansements, Pedro tressait un filin. Rien de grossier: il avait défait les fils de trame et ceux de chaîne, fabriqué des ficelles, des cordes, puis un câble. Un beau câble aux torsades parfaites qu'il parachevait avec patience. Son travail, il devait le faire au-dessus de sa tête afin que ses mains n'enlèvent pas d'espace aux autres.

— Pourquoi cette corde?

— Corde? C'est un câble et il sera à toute épreuve.

— Pourquoi?

— Pour m'occuper. Et puis, regarde le crochet au-dessus de nous, juste dans le coin. Je vais me passer le câble sous les aisselles et en attacher les bouts au crochet. Je pourrai dormir suspendu. Ça doit être confortable! Je te laisserai essayer.

Les semaines, puis les mois ont passé. José est maintenant le plus ancien. Il peut réciter sans erreur la vie d'une centaine d'anciens compagnons, l'histoire du pays, les noms des villes et des rivières, le premier chapitre du *Capital* et de longs extraits des Évangiles. Et ses connaissances, il les communique aux autres. Il le faut. On peut l'emmener d'un jour à l'autre, comme on a amené l'étudiant et le prêtre; à moins qu'il ne meure comme le professeur, comme tant d'autres.

José ne s'est jamais habitué à cette vie. Rester debout des jours durant, contenir ses besoins naturels le plus longtemps possible, ne jamais manger à sa faim, avoir toujours soif, ne dormir que quelques minutes à la fois, voir ses blessures s'étendre plutôt que guérir, vivre dans la peur, regarder mourir ses voisins, tout lui est aussi pénible qu'aux premiers jours. Et José veille à ce qu'il en soit de même pour les autres. Personne ne devra jamais se faire à cette existence misérable; la vraie vie, c'est l'extérieur.

Un jour que les gardes apportaient l'infâme brouet, l'unique repas de la journée, l'un d'eux dit à José:

— Ton martyre achève. Demain, on vient te délivrer.

Les gardes rirent grassement, tandis que les prisonniers restaient muets. José ne mangea pas ce soir-là. C'était son tour de dormir et il donna sa place. Il allait veiller et réciter une dernière fois la vie de tous ceux qui étaient passés dans cette cellule depuis six mois. Il ne se tut que peu avant l'aube. Pedro était au fond du cachot et, pour s'y rendre José dut déranger les vingt-cinq autres prisonniers.

— Ça y est, dit Pedro.

— Oui. J'ajouterais presque: enfin.

— Je comprends. La torture est peut-être préférable à cet enfer. Je le saurai bientôt, c'est moi le suivant sur la liste; je suis arrivé ici un jour après toi.

José resta silencieux durant quelques minutes. Puis il dit en hésitant:

— Si... si j'en avais le moyen, je ferais tout pour éviter cela.

Ils étaient face à face et Pedro dévisagea longtemps son jeune compagnon. Puis, il tendit son câble.

— Non, dit José en retirant les mains, c'est le tien.

— Je n'ai jamais eu l'intention de dormir suspendu.

— Je sais bien.

— Prends-le. J'aurais pas le courage.

José hésitait toujours, mais les yeux de Pedro se firent éloquents et il accepta le don. Il soupesa le câble, en vérifiant la solidité.

— Rien à craindre, José. C'est prévu pour cet usage.

Pedro poussa la sollicitude jusqu'à faire lui-même le nœud coulant et à fixer l'extrémité du câble au crochet. Ce crochet n'était pas bien haut et José aurait besoin d'espace pour étirer ses jambes afin qu'elles ne le portent plus. Les compagnons s'écartèrent jusqu'à s'entasser au-dessus des malades étendus. Pedro ajusta la corde et embrassa José avant de rejoindre les autres.

Ils se tournèrent tous dans la direction opposée, par respect, pour que cette mort ne fut pas un spectacle. Pour la première fois depuis des mois, José connaissait quelque intimité. Il avait peur, très peur, mais la vue de ce rempart de dos lui donnait courage. Une voix s'éleva et tous les prisonniers de «l'infirmerie» entonnèrent à l'unisson la geste de José.

JEAN-YVES SOUCY

Né à Causapcal (vallée de la Matapédia) en 1945, Jean-Yves Soucy a vécu principalement en Abitibi, sur la Côte-Nord et à Montréal. Il écrit depuis l'âge de treize ans et rêvait à seize ans de devenir écrivain. Ce ne fut qu'à trente et un ans qu'il publia pour la première fois, son quatrième manuscrit, et commença à vivre de sa plume. Entre-temps, il avait été travailleur forestier, comptable dans une banque, travailleur social et journaliste.

Depuis 1976, alors qu'il recevait le Prix de la revue *Études françaises* pour son roman *Un dieu chasseur*, Jean-Yves Soucy a fait paraître trois autres romans, des récits, des contes et des nouvelles, en plus de participer à de nombreux ouvrages collectifs. Il a également écrit pour la radio, la télévision et le cinéma, et effectué des traductions.

La plupart des contes et des nouvelles de *L'étranger au ballon rouge* furent écrits alors qu'il travaillait comme journaliste à Radio-Canada international, souvent durant les heures de travail... On retrouve d'ailleurs dans ces textes certains échos de l'actualité internationale de 1979.

Plusieurs de ces contes ont été repris dans des anthologies ou des manuels scolaires. «Monsieur Thouin», par exemple, fut lu à la radio par Jean-Louis Millet (l'Atelier des inédits), publié dans *Le fantastique* (N.B.J.), traduit en anglais dans *Intimate Strangers* (Penguin Books) et adapté pour le cinéma sous le titre «Les bottes». Six autres contes (dont «Libertad», «Les muets») ont été enregistrés dans un livre-cassette (La littérature de l'oreille) par Jacques Godin.

BIBLIOGRAPHIE

Un dieu chasseur, roman, Presses de l'Université de Montréal, 1976; La Presse, 1978; coll. 10/10, 1983.

Les chevaliers de la nuit, roman, La Presse, 1980; Les Herbes rouges, 1989.

L'étranger au ballon rouge, contes, La Presse, 1981.

Parc Lafontaine, roman, Libre Expression, 1983.

Érica, roman, Libre Expression, 1984.

Les esclaves, nouvelle, *Les Herbes rouges,* n⁰ 158, 1987.

La Buse et l'Araignée, récits, Les Herges rouges, 1988.

Amen, nouvelle, *Les Herges rouges,* n⁰ 170, 1988.

TABLE

COLLECTION DE POCHE TYPO

Cet ouvrage composé en Times corps 10
a été achevé d'imprimer sur les presses
de l'Imprimerie Tri-Graphic
en octobre 1990 pour le compte des
Éditions Les Herbes rouges

X0191063 0

Imprimé (Canada)